아기 늑대와 걸어가기

민음의 시 ● 318

아기 늑대와 걸어가기

이지아 시집

민음사

자서(自序)

어느 겨울, 나는 BC 390년에서부터 날아온 시의 구름을 찾아 서정시, 서사시, 극시의 형태를 미약하게나마 시도해 보았고, 나와 같이, 말더듬이였던 자의 수염을 오래 바라보았다.

내 이불에서 자란 쓸쓸함을 한 번도 재워 주지 못하고, 내가 먼저 잠들곤 했다. 어렴풋이 인간의 코트를 입고 펄럭이던 나무들의 숲을 보고 싶었다. 질척이는 삶에서 호기심이라는 땔감을 계속 모아야 했지만, 흐뭇하게도 추운 것들이 하나둘 내 옆에 모여들었다.

집으로 돌아오는 길에
지하철 환승역, 폐업하는 가게에서 3천 원짜리 신발을 샀다. 크기도 모양도 나와 상관없는 신발이었다. 검은 비닐봉지에 담아 가면서 왜 그렇게 떨렸는지, 왜 다행이라고 느꼈는지, 지하철 의자에 신발을 두고 왔다. 타고난 마법의 감수성으로, 떠돌이 영혼이 되길

시를 쓰는 일은 그랬다. 죄를 짓는 기분이었다. 게다가 쉽게 아팠다.

어떨 때는 키르케고르의 표정과 사슴 눈빛의 불화를 생각하다가, 끝내 울었다.

어젯밤에도, 그전의 몇백 개의 밤에도, 내가 한 일은 창문 지키기, 의자에 앉기, 베이글 놔두기, 시 생각하기.

2023년 12월
이지아

차례

I. pílĕus
셰익스피어 발레 작품에서
마음이 녹아내릴 때

II. fidámen
모과나무야, 너의 뼈를 믿어

III. jŭbar
별과 체리와 빛

IV. virídia
초록집 두 개, 시냇물 하나

V. moméntum
나의 수평선

I. pílĕus

세익스피어 발레 작품에서
마음이 녹아내릴 때

생강이 된다는 것

어떤 날엔 바다 거북

큰 소리가 나면 우리들이 함께 놀랄 수도 있지만

어떤 날엔 잃어버린 축구공

한 번도 쓰지 못한 소화기

천년 전의 날씨는 혁명이 되기도 했지만

어떤 날엔 납작하게

옆으로 돌아누운 당신을 안으면

쏟아지지 못하고

떨고 있는 윤곽의 폭포들

운명과 자두와 힘

— 서사시의 형식으로

새들은 어디로 갔을까
더 많은 새들이 어떤 너머로 비상했으면 좋겠다
새들이 사람들의 눈를 읽고 저마다의 소리를 얻기보다는
사람에게 작은 귀를 맡기고,
가끔 투박하고 차가운 계절을 물고 오기를

무릇 고요한 밤이다.

고요하다는 건 아주 작은 것에 집중해야 하는 순간이
기도 하다.
나는 어떤 뒤척임에 대해 섬세한 편이다.

잠을 이루지 못하는 아이들과 부엉이가 부엉이를 부르
는 소리와 강물이 물끼리 뭉쳐서 바위를 지나치는 속도에
대해서도. 그런 자연이 움직이고 변하고 소멸하는 걸 내가
어떻게 할 수는 없지만,

나는 잠 못 드는 아이들을 위해 해야 할 일이 많다.
어쩌면 나의 하루 일과 중 가장 어렵고 중요한 일이기

도 하다.

　나는 어떤 집안을 케어하고 그들이 원하는 심부름이나 애완동물을 돌보는 일도 한다.

　크로스베너의 집안은 대대로 백작 가문의 전통을 가지고 있으며, 레이디 크로스베너 부인은 아이를 여섯 명이나 낳았다. 나는 그중에서 제일 막내인 '폴'을 돌본다. 폴은 네 살이다. 폴이 수업을 받을 때, 나는 다른 하녀들처럼 빨래를 하거나 청소, 요리, 간식을 준비하는 건 모두 한다. 허리가 나가고, 손목이 아프고 몸살이 걸렸다가 나으면 그뿐이다. 하지만 폴은 언제 기분이 나빠져서 폭발할지, 언제 울지, 언제 소리를 지를지 정말 예상하기 힘들다. 나의 폴은 정말이지 아직도 잘 모르겠다.

　우리는 루마니아의 한 도시에 와 있다. 도시의 이름은 잘 모르겠다. 그런 건 중요하지 않다. 중요한 건 폴이 뭘 보느냐, 폴이 뭘 원하는 것인가, 이것을 폴의 울음보다 먼저 알아차리는 것이다. 폴은 자주 어딘가로 떠나자고 울어 재긴다. 자신의 작은 백팩에 애지중지하는 인형과 사탕과 장난감을 챙겨서, 콧물이 범벅이 되도록 운다. 아직 기저귀도 떼지 않아, 뭘 쌌는지 뭉툭한 엉덩이를 대롱대롱 하고서, 대문을 두드리며 소리를 지른다. 그건 어떤 힘일까. 여튼 모든 걸 다해서 운다. 가야 한다고. 다른 곳으로 가야 한다고.

내가 선한 마음으로 짐작해 보자면, 형과 누나들은 학교에 갔고 자신만 혼자 있는 게 싫은 모양이다. 그렇다고 이렇게 아무 나라나, 거침없이, 진취적으로 콕 찍어서 무턱대고 짐을 싸고, 바로 떠나야 하다니……

지금 나는 호텔에서 멀리 떨어진 숲속에 와 있다. 폴은 지금 부인과 함께 있다. 크로스베너 부인에게 두 시간 정도 자신의 아들을 좀 봐 달라고 겸손하게 부탁했다. 그건 그렇고, 도대체 이 숲까지 몇 분만에 뛰어왔을까. 선수들보다 빨랐던 것 같다. 내가 태어난 나라에서는 모두가 올림픽 선수가 되기 위해 노력하고 있지 않은가. 그러니 이런 달리기쯤이야 흔한 일이다.

마을 어른들은 일부러 굶주린 표범이나 늑대를 풀어놓

고, 가능성 있어 보이는 예비 선수를 달리게 하는 것이다. 그들의 결말은 선수가 되거나 죽는 것이다. 마을 사람들은 그런 경주에 대해 아무도 불평을 하지 않았다. 짐승에게 잡아먹힌 자식의 부모들도 희미하게 흐느끼기만 할 뿐, 정말로 분노하지 않았다. 화내지 않는 법, 이의를 제기하지 않는 법, 어떤 결론에 순종적일 것. 나의 고향은 오랫동안 그렇게 단련되었다. 그런 극단을 달리던 나의 고향은 이제 없다. 이 지구에서 영원히 사라졌다.

하지만 나는 지금 열매를 찾아야 한다.
잊지 말자.
폴을 위한 열매.

나는 열매를 찾는 사람. 손안에 꼭 잡히는 열매.
그것이 필요하다.

너무 크거나 작아도 안 됨. 체리나 매실이나 뭐 그런 것, 어쨌든 아무거나. 무엇이든 찾아내지 않으면
모두 망하는 세계

> 누군가는 뛰어야 하고 누군가는 희생해야 하는 영원한 회전

폴은 젤리공이나 곰인형이나 병뚜껑이나 자동차 장난 감을 꼭 쥐고 잘 때도 있지만, 오늘은 열매다. 열매라고 분 부했다. 이런 빌어먹을, 여기가 어떤 나라인지도 모르고, 지금은 서늘한 초겨울인데, 어디서 열매를 찾나. 열매 비 슷한 과자는 안되나, 열매처럼 큰 사탕은 안되나, 아, 이를 어쩌다. 나는 숲속을 계속 돌았다.

나무 꼬챙이 하나를 잡고 숲 바닥을 헤집었다. 내 얼굴 보다 커다란 나뭇잎들을 들추며, 몽알몽알 동그란 형태를 눈여겨보고 있다. 숲에는 새인지 짐승인지 괴물인지 모를 이상한 소리들이 규칙적으로 들렸다. 고개를 들어 공원 입구를 보았다. [세계를 위한 망각의 숲]이라는 표지판이 있었다. 망각이라. 그렇지. 나는 모든 기억, 모든 설움, 나 의 가족, 나의 이름을 완벽하게 잊은 지 오래다. 공원 근처 에는 키가 큰 백인들이 개를 끌고 산책을 하기도 했다. 가 끔 자동차 불빛들, 흐려지는 달빛, 맛있는 식탁의 냄새, 바 람이 가져가는 거리의 공기들, 그리고 나는 폴을 위해 모

든 걸 바쳐야 한다.

언젠가 나는 폴이 쉽게 잔 날을 기억한다. 저녁을 먹이고 7시도 되지 않았다. 내가 침대를 정리하기도 전에 폴은 러그에 앉아 졸고 있었다. 하루 종일 수영을 한 탓이다. 폴은 천사같이 맑은 표정을 지녔다.

폴은 잠잘 때 가장 사랑스럽다. 방을 정리하면서 폴이 그린 그림을 보았다. 커다란 자두나무. 은색 크레파스로 동글동글 삐뚤삐뚤 색칠된 자두나무. 우리 고향에서 흔하게 볼 수 있는 은색 자두나무. 자두나무 밑에 다람쥐 몇 마리. 열매에 점으로 찍은 눈 코 입, 그러니까 누가 봐도 표정을 가지고 있는 자두. 미소 짓고 있는 열매. 마음을 간직한 열매들. 여기저기 떨어진 자두와 도토리 그리고 별들과 무언지 형체를 알 수 없는 세모 네모 도형들. 내가 폴에게 자장가처럼 들려준 내 고향 이야기.

내가 살던 곳에선 말이야. 먼저 쥐는 것, 결정권을 먼저 소유하는 건 어떤 군사력 같은 것, 최신 무기를 분석하는 질문들. 무거운 질문에 아무도 대답을 못하지.

> 아예 처음부터 그걸 노리지. 대답 없을 질문을. 몇 가지 형태, 가능성과 확률, 각오와 노력, 생각보다 오래 걸려서, 의식했죠. 무엇을 의식했죠. 의식하느라 인생을 낭비했습니다. 갖가지 형태, 낱낱이,

여름 오후에 검보라빛 자두를 선물받았습니다. 아랫 동네 시장 할머니에게, 깨물면 다정하고 달콤했어요. 그곳은 공간 표상, 걸음의 기록입니다. 달도 없이 깜깜한 밤에, 린넨 이불을 다립니다.

열심히 다소곳하게, 나는 이기심의 가장 친한 친구가 되고 싶어요. 노래를 불러 줍니다. 친구는 친구를 가장 잘 설득하니까,

쓰레기를 버리러 나갔다가⋯⋯ 안개가 많은 소각장에서⋯⋯ 없어진 우리나라의 부족장이 버려진 물병에 그려진 꽃잎에게 키스하는 걸 봤어요. 하녀로 산다는 건 그런 걸 봐야 하는 것. 보고도 다시 돌아서야 하는 것. 식탁보 밑에 체크 무늬가 수평으로 되어 있는지, 나와 비슷한 동족들은

이 마을에서 찾기 어렵다는 것. 카펫과 바닥에 떨어진 위험한 것들을 항상 먼저 치워야 하는 것. 그런 건 사실 어렵지 않다.

폴이 일찍 잠든 그 밤. 폴이 그린 은빛 자두 하나에서 내 동생을 보았다. 알알이 맺힌 열매처럼, 동생은 엄마 젖에 맺혀 죽었다. 3개월도 되지 않아 죽었다. 늘 울기만 했던 바보. 달에게 제발 동생이 죽게 해 달라고 기도했다. 그러곤 진짜 죽었다. 아기를 못 낳게 된 엄마도 바로 죽었다. 나는 그때부터 이 저택에서 엄마가 하던 일을 이어서 했다.

힘들었다. 무겁고 아픈 일이라서 그런 게 아니라. 그게 엄마가 하던 일이라서, 죽은 내 동생이 좀 크면 하게 될 일이라서 그런 게 아니다. 이 집에는 나보다 더 어린 하녀가 있고, 옆 저택에는 늙은 집사가 매일 주인에게 걷어 차이는 걸. 쓰레기통을 뒤지는 거지들과 병든 몸을 파는 아줌마들도 있는 걸. 마트에서 만난 옆집 하녀 롤리 이모의 초라함을 보고 나서, 비슷할 내 미래를 연상해서도 아닌 걸. 비를 맞고 죽어 가던 새와 집단으로 매장된 우리 동족들을 묻을 구덩이를 보고서도, 나는 이러는 게 아니다.

아니다. 내가 힘들었던 건 그게 아니다.

제발 그만하라고, 그만, 하라고, 그건 갖가지 형태로, 사람을 실험하는 거라고, 잠을 자야지. 일기같이. 옥수수 할아버지가 나오는 동화, 앉은뱅이 오랑캐꽃, 길이가 같은 나사들, 기계들이 마음을 전하는 동안,

사람이 없고, 우리는 밤의 리듬을 갖는다. 기적과 믿음과 고마움. 그런데 다른 믿음, 의미와 의지,

하지만 잔인하게도 '의미'라는 건, 사람의 존재를 너무 쉽게 없애 버려요. 의미는 사람이 만든 힘입니다. 그러니까 의미는 사람에게 중요하니까. 중요한 건 중요한 걸 바꿀 수도 있고 이길 수도 있으니까.

끝도 없죠. 중요한 건 하나가 되고 싶으니까. 그리고 무한, 진리, 숫자1 2 3 4 5뗐다 붙였다 하는 리무벌 양면 테이프. 사람은 반복과 패턴을 통해 힘을 아끼기도 하니까.

아무도 모르겠지만, 크로스베너 부인은 짐작도 하지 못할 테지만, 매일 밤 폴은 엄마를 그리워한다. 폴이 매일 밤 뭔가를 쥐고 자야 하는 건 그것 때문이다. 폴은 매일

떨면서 잔다. 내 심장과 폴의 심장은 함께 떤다. 폴이 태어나 한 달이 되었을 때, 6개월이 되었을 때, 한 살이 되고 세 살이 되었을 때도, 부인은 폴을 안아 준 적이 없다. 폴을 안아 주는 건 하녀가 하는 것이고, 폴에게는 전문 교사들이 있고, 폴에게는 멋진 저택이 있다.

폴에게는 세상에서 제일 유명하고 인류가 존경하는 아버지가 있고, 아버지의 업적을 길이길이 빛내는 시대와 기술이 있는데, 폴은 손톱을 뜯는다. 자기 머리카락을 뽑는다. 구석에 들어가 무섭다고 운다. 그래서 집을 나와 다른 곳으로 가야 한다고 운다. 폴이 울면 사실 나는 세상이 무너지는 기분이다. 나의 나라가 없어진 것보다, 나의 어머니가 무참히 버려진 것보다, 나의 이름을 아무도 부르지 않는 것보다, 나는 더 힘들다.

폴과 나. 우리는 끝내 아무것도 해 보지 못했지만, 세상이 이미 다 끝날 걸 알고 있다. 다른 곳도 어차피 다 똑같을 테지만, 떠나 봐야 소용없다는 걸 알지만, 그래도 끝난 걸 계속 확인하고, 계속 더 봐야 하기 때문에, 뒤척여 보고 뒤집어 보고, 뒤돌아 가 봐야 하기 때문에. 떠나고 나면 떠난 곳을 다시 상상해 볼 수도 있으니까. 그래서 잠시나마 좀 편안해지기도 하니까.

그나저나 열매를 찾아야 한다. 안 그러면 폴이 운다. 폴이 잠을 못 잔다. 폴이 울면 모두가 깨어나고 모두가 피곤하고 모두가 분노하고 모두가 나의 책임으로 돌린다. 모두가 나를 공격한다. 나의 죄는 그렇게 성립된다. 모두의 합창으로, 모두의 일치로, 무참하게 만들어진다. 폴의 불행은 나의 불행이고 나는 그 불행을 극복할 방법이 없다. 그때, 나는 젤리처럼 말랑말랑한 돌멩이 하나를 사시나무 밑에서 찾았다. 손톱으로 긁으면 쉽게 가루가 되는 것인데, 좀 특별하게 색이 곱다. 나는 돌을 쥐고 뛰었다. 단단히 동그랗게 뭉치고 매만지며 뛰었다.

정말 미친 듯이 뛰었다. 모든 걸 다해. 제정신이 아니었다. 달님. 폴을 죽지 않게 해 주세요. 잠을 못 잔다고 죽는 건 아닌데, 아니 내가 죽을 수도 있으니까. 내가 찾은 돌이, 마치 내가 찾은 나라가 되는 것 마냥. 귀중한 나의 나라가 12시가 되면 연기로 변해서 사라질까 봐. 나의 마법이 너무 빨리 식어 버릴까 봐. 나는 호텔 로비에서 무릎을 꿇고 애원했다.

절실했다. 외국인 직원에게 통하지 않는 말로, 몸짓으로, 총난리 법석을 떨어서, 겨우 반짝이는 호일 껍데기를 얻었다. 돌멩이에 호일을 감쌌다. 은빛 호일을 감싼 돌멩이는 은빛 열매처럼 보였다. 근사했다.

언젠가 폴이 그림으로 그렸던 내 고향의 은색 자두처럼. 내가 들려준 나의 고향 이야기를 마법의 순간으로 만들었던 그 아이. 이 마법의 자두는 폭우에도 죽지 않는 새가 낳은 알 같기도 하고, 초겨울 흐려진 달이 빌려준 알맹이 같기도 하다. 어떤 말로 이 자두를 소개할까. 어떻게 폴의 슬픔을 멈추게 할까. 어떤 말로 폴을 안도하게 할까. 어떤 표정으로 뭐라고 말하며, 폴의 손에 쥐여 줄까. 이 마법의 자두 하나로 울고 있는 이 밤을 어떻게 멈출 수 있을까.

스무디와 희생을 생각하는 몇 가지

나는 마카다미아 껍질에서 태어났지 요즘엔 낙엽 지는
마을에서 도마뱀으로 만든 부츠를 판다

주파수 같은 자세로 살다가 뻐근해서
허리를 비틀면 옆구리가 열리고, 사람들이 연이어 뻗어
나간다

혼자서 돌아가는 문방구 앞 스무디 기계

누군가 줄을 서서
갈아 마시겠지

포도나 파인애플 비슷한, 그런 달콤함과 안도의 향으로

관리인이 플래시를 들고 어엿한 거리를 구현하려고 할
때, 나도 늘 휴대하였다

내 시는 장애를 가지고 있지 아주 많이

여유롭게도, 동료와 자리를 바꿔 가면서

내 시는 그래픽을 전개한다 초록 케일밭에서
그런데 목욕은 어디서 할 수 있나

모처럼, 그래

아니야, 밥을 먹으면서 커피를 생각해, 잠을 자면서 일을 생각해, 가방을 메고 버스를 타러 가지

다시 말해서 나의 현대성은 픽션의 픽션을 만드는 일인지도 몰라, 다른 형식의 체계를 가져오지 않고도 타당한 주체를 계속 생산하면서

반복과 더 비슷한 반복의 시간이 필요했어

파도보다 미끄러운 모양으로 이 세계를 넘어서야 하는데

협재 해변에 갔어

휴가철에는

오징어와 오징어와 오징어와 오징어와 오징어와 오징어와 오징어와 반건조 오징어와 가설의 명랑함이 현재를 숨길 수 있도록

사람과 사람과 사람과 사람 비슷한 사람이 추가된 상승

한꺼번에 사라질까 봐 어떻게든 붙들고서

각각의 흥미로움

지난 날들은 질기고 짜고 오래된 흐름이었나,

알코올과 불길을 건너야겠지, 눈이 올 것 같은 날이면,
제대로 된 악취가 그리워, 악취를 끝내기 직전이지, 나는
요즘 모처럼, 그래

아기 미소, 아기 자유

치즈는 구겨졌고, 나는 살아났다

그런 과정은 우리가 한때 다른 나라에 가서도 암기해
야 할 통념적 장치일지도 모르겠어

그러니까 차가운 창틀을 만지면 떨리는 이유를 아직도
모르는 거지

빈 공터에는 폭탄이 쌓였지
빈 하늘에는 폭죽이 터졌어

사랑해

선이 부드러운 저녁이면

비겁해

골웨이에서나 고독한 도시에서나

*

평생 다른 문제를 푸는 것처럼, 안간힘으로

순간을 살다가

이쪽저쪽 여기저기를 쉽게 짐작하다가

어색해

선이 강한 우기에는

*

순간 이전을 생각해

아기면서 폭력, 아기면서 분노, 아기면서 외로움, 아기면서 배반의 형식으로

태어나기 전에는 아무 문제가 되지 않던 걸,

전기와 석유와 대류 에너지를 생각하며, 돌아다녔어 어떤 집단학살과 집단변경은

어떻게 이뤄지는 것인지, 이토록 근대적인 결정이라, 추장의 딸은 아버지를 넘겼다지, 파충류한테,

카메라를 의식하며, 자극적인 장면이 되도록, 모두에게 형이상학은 필요하니까

*

그렇다면 누가 이걸 다 정해 놨을까

마음대로를 산소라고 배웠지

커 가는 내내

도저히, 안되는 건 멈춰야 한다고

하지만 다시는 갖지 못할, 나는 요컨대 자유 이전의 그
것을 알아

그런 건 그냥 슈만의 것이라고

저는 어두운 밤에 하얀 말을 타고 달립니다.

오랜 시간 연락을 주지 못했던 친구의 집을 지나, 술을 마시고 도로에 뛰어든 선배의 마을을 지나,

농구장에서 농구를 하고 있는 기린들의 보석을 지나, 저는 어두운 밤에 더 짙은 말을 타고 달려요.

오전 6시. 소년은 안개와 게임을 시작합니다.
어쩐지. 그런 게 아니었다고 다 말하고 싶었는데,

서운했던 오해를 지나, 은하수에 안녕을 고해요.

천사는 우리의 형식을 모르죠. 별들을 넘겨요. 저는 음악이 필요 없습니다. 음악은 추억을 데려올 테니, 면도를 시작합니다.

타협은 없어요. 끝은 있을 테고, 슬픔은 거품을 만드니까요. 좋아요. 저는 어두운 말이 그대로 죽어 가게 둡니다.

음악 없는 마음

땀이 비 오듯
살고 싶다.

창문에 가득한 감시, 땀이 비 오듯 헉헉거리며 내 열정
을 식혀 줄 음악 없이도, 내 키가 더 작아지고 피부도 좀
더 줄어들고

발음도 더 힘들어져
내 뒤에 아무것도 없이

흥얼흥얼

악마들이

나를 위로해 줄 합리적인 변명도 없이
거리를 뒹굴던 바람을 주워 마시고

땀이 비 오듯 나를 보고 싶다. 땀이 비 오듯 상냥하게
안부를 묻고 내 안에 묻힌 한 사람을 불러오듯이

> 50년 후에 내가 될
어느 할머니의 손에 작은 도서관을 안겨 주고

독특하고 과격한 의미에도 아랑곳없이
까르르

웃어 대는 아이들 곁에서 늙기 위해
나를 위로해 줄, 지금을 견뎌 줄 좁고 긴 통로를 지나서

땀이 비 오듯

비 맞은 자동차처럼 그렇게 달려서
땀이 비 오듯, 땀이 비 오듯,

움직이는 손짓과 이 현재들과
릴레이를 하듯이

 땀이 비 오듯, 몇 번이고 허접한 나를 닦아 내면서 그
렇게

36

내 곁엔 아무도 없을 테지만

땀이 비 오듯
죽어 가고 싶다,

열심히
그래도 열심히,

작품의 인물을 구별 못 하게, 인물보다 다른 게 있다
는 게,
감정은 별로 중요하지 않다는 걸, 내 몸 전체가 철로가
되어
완전하게

갤러리에서 작별

가끔 느리게 주기적으로 수술을 받고 사람들 틈에서
없어지는 여유로운 전시관 통로를 지나 이동하며 완벽해
지는 벽과 줄과 끝과 너

태어나는 물

건물이 물로 가득합니다. 물속에서 영업하고 돈을 받고, 물속에서 퇴근해요. 회의실과 탕비실과 사무실은 분리되지 않아요. 하루가 부족합니다. 해마는 혼자 있어요. 혼자 있는 개체는 뭘 하는지 자세히는 알 수 없어요.

움직이는 모습이 비슷해요. 회장은 협력을 원하고 우주비행사는 고유성을 원해요. 안내서를 읽어 봐요. 우리는 그런 구성으로 대치됩니다.

하지만 사람들이 없어요. 사람들은 어디로 갔을까. 사람들이 바위 뒤에서 소매치기를 하고 있습니다. 다른 물의 물을 훔치고 있어요. 사람들은 스톤피쉬의 풍속을 알죠. 세계가 물로 가득합니다. 아무도 울지 않아요. 몸이 생수를 발전시켜요. 층마다 논리를 바꿉니다. 우리는 투명한 호스에 끼워져 있고요. 뿌연 바깥이 존재해요.

눈·코·입이 없는 저녁에

그때 시간은,

홀로그램 색으로 빛나며

죽은 순록 얼굴을 아무렇게나 모자처럼 눌러쓴 채, 살며시 나를 지나쳐 가고 있었다

낭만 없이 우리는 진심이었고
투명한 손을 잡고 있었지

을지로에, 차들이 있더라, 루체른에서도, 가게들이 있더라, 결국 오지 않았던 거기에서도, 산맥들이 연결되어 있더라

그때 시간이, 또 멈춰서

바람에 흔들리던 네 머리카락이
네가 가진 소멸처럼
느껴졌고,

> 나는 고개를 숙인 채, 빛나는 글자를 아무렇게나 삼키며 오후가 끝나길 바라고 있었다

선택할 게 많은 곳에서, 또는 선택이 필요 없는 곳에서

사람들은 눈코입이
없어지고 있었지

눈코입이 없어도
뭔가를 보고 만지고 노래를 하면서

이런 것을, 그때라고 부를 이곳에서
나는 온몸이 다 사라져 있더라

헝가리에서, 홍제동에서도, 볼 것들이 남아 있더라, 거기 초라한 약속들이 계속 있더라

감각은 망하고

뭔가 중요한 게 닳아져
이때

느린 가면이 구름과 지나가고 있었다

II. fidámen

모과나무야,
너의 뼈를 믿어

이어지는 세대들

공사장에 바리케이드, 구멍 두 개가 얼굴처럼 뚫린, 플
라스틱

가볍고 단단한 마음. 그 속을 바라본다.

하양, 주황, 하양, 주황이 연결되어, 듬성듬성, 안전제일
꼬깔콘 삼총사

지금의 시절에는 긴장이 쉽게 빠져나간다. 긴장해야 하
는 상황이 무섭고 싫어서

긴장의 학명은 간장처럼 짠 폐쇄일지도. 피자를 파는
트럭, 기중기에서 졸고 있는 창문이

물속에서 들은 것처럼

나는 너의 진지함을 외면했다. 화를 내며 떠났지. 변했
다고. 너는 화를 내며 떠났지.

그래서 네 눈엔 환한 불이 켜져 있고, 화를 내며 소리 쳤지.

쉽게 다른 사람에게 갔지. 시원하게. 설명이 생략된 형광펜처럼

물속에서 들은 것처럼

나는 너의 심각한 표시를 몰라봤다.

너는 또 화를 내며 떠났지. 그럴듯한 변명을 던지며, 봄마다 꽃이 피고 겨울마다 겨울비가 내렸지.

너는 나를 미워해도 된다. 강조되도록. 잊지 않도록. 너만 나를 미워해야 한다.

내일은 포근한 절망으로

어느 날, 설교하는 자의 머리에 반가운 새싹이 돋았다

우리가 만든 물을 함께 주었다

어머나, 파릇한 숲속의 용사여

성장하는 빛, 떨어지는 빛

그 뒤로 정장을 맞춰 입은 건물들과

천국을 폭파하는 함박눈, 케첩보다 연한 피

말끔한 미래

고요한 쿠키

아득한 밤, 쿠키 하고 나 하고 의논 중이다……
쿠키를 먹는 순간 소리가 날 테고, 부스러기도 나올 거고, 꿀꺽 넘기는 소리가 날 테고, 주스도 마실 테고,

그러면 나는 뭔가를 포기해 버린 아이에게 오늘은 무슨 응원의 말을 보낼 수 있을까, 화를 내면 안 되는데, 무슨 희망의 말을 해 줄 수 있을까…… 하며 쿠키를 쥐고 있다

아늑한 밤, 쿠키 하고 나 하고 이불 하고 의논 중이다……

음악을 트는 순간,
여기 사람이 살고 있구나, 밖은 쉽게 짐작할 테고,

나는 암시적이고 상징적인 내일을 향해, 초코칩이 박힌 기회를 향해

나는 밝은 것을 만드는 파티쉐처럼

너저분한 주방을 감추며

어눌한 밤, 쿠키 하고 나 하고 이불 하고,

무서운 적막과
속삭이는 중이다……
밤색 몸과 마음에 대해서, 쿠키 하고 나 하고, 거실 형
광등과 고민하는 중이다……
분노도 오해도 잘 숨기는 관계에 대해서

기타시외 5823

벽돌, 첼로

음향 1그램

다리에서 뛰어내린다

우리가 가질 수 있는 건 치실뿐

자라를 위한 목감기 약

청정기와 씨름을 하자

씨름에 져도 뷔페에 간다

그리고 여름 저녁에는 턱걸이 열 개

광부 집에는 벽 장식이 화려

반짝임이 가득

> 다리에서 뛰어내린다

나는 보석을 하나 삼켰다

기타시외 5462

길이 날 거라고 해서 산을 샀다

농지

몇 평

겨울 약국

소아과 피부과 우리팔짱과

아무렴 텃새

파 맛이 나는 수필

길이 날 거라고 해서 산을 치웠다

허들과 우박

방학 없는 철새

> 길이 없어질 거라고 해서 산을 들고 왔다

기타시외 5760

대부분 아카이브 활동으로

함께하길 원했는데

그는 척박한 돌덩어리를 많이 가지고 있다

강남역 사거리에서

영원히 잠자고 싶은 노인을 위해

배를 가르고 돌들을 넣어 주었다

새들이 도왔다 자신들의 한계를 넘으면서

개미들도 도왔다 자신들의 능력을 보이면서

그는 척박한 경험을 많이 가지고 있다

일식집 요리사는 말랑한 생오이를 신속하게 자르고 있다

기타시외 5548

유명한 중국집에서 딤섬을 세어 봅니다

모락모락 김이 나는 딤섬에서

나는 활용도 높은 밈을 구상합니다

세면대

엉거주춤

바지가 계속 흘러내립니다

지퍼를 고치지 못해서 콧물이 계속 나요

비염입니다 그래서 제가 제 코뼈를 부러뜨립니다

관리는 환멸입니다

신발장은 규칙적입니다

노래하는 페이지

발코니와 햇살을 봐요.

햇살의 문장을 만들어요. 문장은 부드러워지도록 노력할 수도 있답니다. 책이 얼굴에 떨어져요. 기분 탓이라며. 키가 크고 손이 큰 사람은 책으로 때립니다. 가만두지 않겠다고.

이왕이면 현실적으로. 책은 계속 나와요. 머리가 터지도록, 어깨와 배와 다리를 때려요. 형체가 무너지죠.

키가 크고 손이 큰 책이 거실에 있습니다. 흐르는 물에 레몬을 담가요.

개수대 속의 레몬이 춤을 춰요.

얼음도 담그죠. 마트의 기분으로. 숨을 참아요. 노란 머리와 상처들이 떠오르지 않게. 오후는 건강하니까.

레몬이 수영을 해요. 레몬은 레몬 자신처럼 시고, 감당

하기 힘든 태도로 노력할 수도 있답니다.

이미 갖춰진 것으로도

흐르는 물이 레몬을 타고 떠나요. 피렌체를 건너죠. 외국어가 필요해요. 책이 노래를 해요. 구겨진 쪽이 먼저 해요. 감상을 나눠요. 공간이 사라지죠. 서재가 무너지고 책들이 쓰러지죠. 찢어질 거예요. 멋지게.

고백이 흔해진다면, 고백은 자유로워질 테니까. 사람들이 유람선처럼 있죠. 노래를 따라 부르죠.

모순책

방향제 같은 나의 모순

모순은 코를 골아요

쌕쌕거리며, 대중이라는 인형을 안고, 귀가 큰 고무장갑을 착착착 말리며

눈이 내리던 날에, 팔다리가 풀려서, 하얀 드레스 찢어진 채로, 신발은 벗겨진 채, 피범벅인 얼굴로, 사랑이 끝난 마지막 이유를 듣지 못했다, 통속은 혼자 있었을 테지

추울 때는 따뜻한 밥을 줄 걸

기울어진 지평선에, 깨어나는 텍스트, 일터에 나간다, 거룩한 혼자를 포섭하기 위해 감독은 매일 술을 먹는다, 면밀하게 정리해 주었지, 이야기를 버리지 않는 한

택배 상자는 내 이름을 알고 있어요

세상을 바라보는 갈색 키위의 균형

나는 욕실 선반 맨 위에 있다. 최대 높이다. 이곳은 건조하고 바다가 없고 샴푸가 있다.

슬리퍼, 수건, 타일, 세라믹 등은 자신이 무엇인지 알지 못하고, 서로를 응시하는 중이다. 누군가 출현하기 전에는

창문틀에는 기괴한 포식자가 흘리고 간 털처럼, 떫은 낙엽이 몇 개 떨어져 있는데

문을 열고,

사람이 사람을 들고 온다. 욕조에 넣자, 죽은 사람은 무겁게 가라앉는다. 물이 넘친다. 멈추지 못할 것이다.

반대의 현상들은 서로의 구조가 되어 가는 중.

그렇지만 나는 바람이 스산한 날에 비누로 다시 태어날 것이다. 더 지켜봐야 하기에, 거울은 멸종이다.

미래가 끝난 다음에도

귀여운 것보다 좀 강직한 거
흠, 타기는 포스터 속에서

굵은 것, 떠는 것, 공기와 멀어지는 거

빈집의 가스 밸브와 라디오 디제이와 바람과 빗방울이
키워 내는 것, 가져 보는 거

모처럼 부담 없이
감시와 작용과 티타임, 보닛 위의 낮잠 자는 길고양이들

물티슈로 지워 보는 나의 삶과 나의 소식
흠, 타기는 포스터 속에서

넘치는 것, 깨끗한 사과를 피워 내는 거
숯불을 가까이 쳐다보다, 코끝도 타 버리고

이내 타기는 쿵쿵 쾅쾅 벽을 뚫고 날아가며
약속 없이

> 손전등과 가로등이 필요한 사람
그 밑에서 장기를 두는 차분함

호박과 호박의 피와 호박의 시간

내 고향은 초원 지대

— 어머니, 동물이 새끼를 보호하는 건 아름다운 일이
에요.

— 회색 늑대가 혼자 있는 양을 잡는 걸 봐요. 회색 늑
대는 양의 뼈를 부러뜨리고 살점을 물고 가요. 동굴의 굶
주린 새끼에게로

— 흰동가리 물고기가 말미잘 속에서 알을 보호하는
걸 봐요. 말미잘이 원하는 걸 다 주면서 눈치를 보죠. 불
안한 지느러미와 투쟁을

— 어머니, 잠깐 아버지를 가뒀어요. 이제 새끼는 저뿐
이죠. 어머니는 예전에, 일곱 살 남동생을 제물로 바쳤지
요. 열한 살 동생을 다른 나라 신부로 팔았지요.

— 어머니는 가정을 지켰어요. 안전하게

─ 어머니는 다른 아버지를 데리고 왔어요. 저는 아버지를 물어 뜯었어요. 아버지의 뼈를 부러뜨리고 살점을 물고 가요. 동굴의 굶주린 새끼에게로

─ 어머니는 다른 아버지를 또 구해 와요. 저는 아직 힘이 남았죠. 저는 어머니의 반을 제물로 바치고 어머니의 반을 다른 나라 신부로 팔았지요.

─ 어머니는 가정을 지켰어요. 안전하게

─ 어머니는 뒤를 돌아보며 나를 노려보았지요, 뱀의 얼굴을 하고선

─ 새어머니의 나라를 모두 없앨 거예요. 아무것도 남지 않을 때까지

─ 내 고향은 초원 지대, 늘 맑고 중요한 일이 많이 이뤄져요. 맑은 날에는 예쁜 알들이 풀밭에서 자라나요.

파란 밤

파란 사람, 파란 소심, 파란 택시

시상식에 갔었어 벌써 파티가 끝났더라 우연히 만나서
주인공에게 말을 전함

축하해요
너무 늦었네요

저 아시죠? 파란 밤

모르고 싶은 의중
사진으로 봤는데

복잡하고 꼬불꼬불한 언덕길
비겁한 소나기

함께, 어깨

파란 창자, 파란 술, 파란 안주, 파란 시, 파란 건배, 파

란 의식, 파란 시, 파란 정신

책과 마법

비를 맞으면 투명해진다고 믿었다
비는 그냥 내리고
무질서하게 내리니까

무질서한 것들은 아름답게 사라지기도 하니까
어느 날, 자다 깨서 문득 겁이 날 때, 지금 몇 시지 여
긴 어디지 하고 놀랄 때가 있다
아침인지 저녁인지 몰라서 밖을 봤는데

나는 겨우 안에 갇혀서
침대에서도 길을 잃어 울고 있었다

피부가 하얗고 다리가 긴
아이는 어디에 갔을까 학교에 있나 놀이터에 있나
누군가 벨을 눌렀지만 대답하지 않았다
나에게는 공기청정기가 있고 티브이가 있고 나에게는
내용물이 없는 택배 상자가 있고
나에게는 물과 김도 있고 책이 있다

욕실에 들어가 한참 동안 뜨거운 물을 틀었다

따뜻한 것은 평화를 주므로 바닥에 락스를 풀고 솔로 닦으면서

피가 흐르고 있었다 바닥에 흥건하게

봄이고 목련이 있는 봄일 테니

락스를 풀고 솔로 벽을 닦으면서

치약을 컵에 짜며, 치약을 변기통에 짜면서

그치, 그건, 어지러웠고, 떨어진 머리카락과 흘러내려 가길

락스를 다 쏟고, 솔로 닦으면서

두 손에 뭔가를 들고

대롱대롱 죽은 내 얼굴을 들고

밀폐된 시체를 처리하고 있었다 여기저기 덩어리를 잘 치워야 하는데

토할 것 같지만

그 순간 빛나는 가루들이 내 주변으로 쏟아져

눈이 부신 욕실 문을 열고 나와

집 안의 서랍장에 있는 물건과 옷을 다 비우고

서랍장에 하나씩 하나씩 넣었다

눈

팔

폐, 다리

배

갈비뼈

머리

피와 근육을

소중하게

나눠서 넣는다

들키지 않게 누가 보지 못하게

눈, 팔, 폐, 다리, 배, 갈비뼈 그 부분들은 열두 살의 내
몸으로 돌아와, 다시 어떤 동요 속에 갇혀서

모든 비극은 희망을 숨긴 역설인데

윽, 죽는 시늉을 하면 아이는 웃었다 다시 깨어날 걸
아니까

윽, 아픈 척을 하면 아이는 더 웃었다
아이는 연기를 좋아하지
진실은 신화로도 태어나지 말기를
시체는 추우니까, 따뜻한 건 평화를 주니까

나는 평화를 주우러 밖으로 나가야 하는데 어떤 신발
을 신어야 할지 모르겠다
시체의 신발을 벗겨 신는다
나무의 뿌리를 벗겨 신는다
정원의 분수는 어떻게 시작하나
아이의 발은 밀가루보다 부드러운데
시체는 나체일 뿐, 나체는 내가 만든 니체의 조롱일 뿐
니체는 형편없다, 니체는 자신을 죽이지 못했고

니체는 주목받는 인물일 뿐,
인물이 전부였던 시대는 실패했고
모든 이들은 인물보다 못한데
주인공은 핵심을 확산하니까
유일한 인물이라는 역사가 이제는 버겁다

하나를 사랑하는

일은

나는 문법을 파괴하지도 못하고 실험도 하지 못하고 아무것도 대체할 수가 없어서

응급실에 자주 실려 갔다 의사는 꽤 오래 기다려야 만날 수 있었고
응급실에서 나는 유일하게 곤한 잠에 빠져
간호사가 문질러 주는 소독솜이 고와서
소독솜을 보다가 기절한 밤이 반복되고
봄에도 꽃눈이 내려서
아이를 잡고 하늘을 날 수 있다
우리는 천사가 될 수 있지만
악마도 될 수 있어서

나는 내가 좋아하는 작가의 초상화나 사진을 오래 바라보았다

진짜로 그들과 이야기를 하는 듯
서재의 책을 다 빼서 경비원에게 줄 때
경비원은 졸다가 참 난감해했는데,
경비원은 책보다 통조림 세트를 더 좋아한다고 했다

나는 아이의 손을 잡고 오랫동안 하늘을 날았기에
천사는 시를 모르니까
나는 오래 시를 쓰지 못했다
낮에는 아이를 사랑했고, 밤에는 나를 팼다 매일매일
불화를 뭉갰다
그런 밤을 보낸 아침이면 내 하얀 이불 위에, 아이와 책
이 서로를 끌어안고 있었다
정말이지 아무것도 할 수 없이, 핑 돌아서

봄이고 목련이고 증오의 밤이고 이런 것이 세상의 공평
인가, 아니다 공포스러운 뒷처리다
비는 분명 보지 못했는데, 언제 비가 내렸나
평생 몇백 번의 비를 보고도 내가 한 번 보지 못한 비,
이 순간 그게 뭐가 중요하다고

젖은 땅의 젖은 바닥의 아스팔트나 벽돌은
아이의 이마처럼
딱딱하고 아팠다

만약 돌을 맞으면 돌머리가 될지도 모른다고 생각하니
좋았고
그러다
울었다 울지 않았다
각자 모두 잘못이 없다고 생각하면 편해?
그런 거야?
아이가 나에게 물었다

울었다 울지 않았다
바닥에 주저 앉아서
뭐가 흙이고 뭐가 흑이며 뭐가 흑인가
흑 말고, 간식을 준비해야지
아이는 달콤한 걸 좋아하니까
안고 있자

지금은 멈춰서

흩어지지 말자

내가 울면 아이는 더 우니까, 나는 험악한 범인이 될 테니까

아이가 보고 싶다

아이가 한 살일 때, 아이가 두 살일 때,

아이가 열 살일 때,

겨울은 길고 봄은 짧은데

그걸 지켜보며 감사해하던 나를 없애도, 뭔가가 계속 나오고, 그런데 죽어서도 나는 계속 살아 있었다

III. jŭbar

별과 체리와 빛

이미지와 나

정신을 차리고 보니
소금과 내가
베란다 벼랑 끝에 있다
맞다
인공눈물의 격변설 첫눈이 펑펑 내리면, 호랑이 사냥을
떠나자고 약속했었지

조약돌 소극장

── 서사시의 형식으로

비가 와. 구름은 보이지 않지만, 어두워진 건물 사이로, 움직이는 자동차 위로, 사라지는 신발 옆으로도 비가 떨어져

저 멀리엔 지붕 위에서 망치질을 하는 노인이 있어. 땅 탕 땅 탕 규칙적으로 멈추긴 하지. 노인은 규칙적으로 쉬고 규칙적으로 깨어 있긴 해. 망치질 소리와 빗소리가 이렇게 멈추지 않고 나흘째를 넘기는 어떤 밤이면, 요정들이 나타난다는데, 그것도 맑고 예쁜 색색의 사탕 요정들이 나타나 죽어 가는 사람들의 눈동자를 가져간다는데,

그러고선 사람들의 죽은 눈동자들이 다시 겨울의 빗방울로 태어나, 세상을 떠나지 못하고 영원히 서성인대. 그래서 사람들은 빗방울로 만든 음악을 듣나 봐.

내가 사는 곳은
도쿄에서 서쪽 방향으로 멀리 떨어진 작은 도시,
좀 시끄럽고 화려한 곳이야
이 골목엔 몇 년 전만 해도 많은 소극장이 있었어

대부분 지하였고 돈이 없는 소극장은 지하 주차장
카센터에서 공연을 하기도 했지
가부키나 노, 그런 전통극만 올리는 곳도 있었고
코미디극이나
로맨스극을 올리는 곳 등등 다채로웠어

나는 지금 무대를 닦고 있어
우리 극장은 딱히 어떤 소재나 주제를 따지지는 않아
그저 표를 많이 팔 수 있는 그런 내용으로
나는 지금 열여섯 칸의 장판을 이어 붙인 네모난 무
대를 걸레로 닦고 있어

마치 상추 이파리를 타고 가는 산호랑이 애벌레처럼
헉, 헉,
느리게, 느리게

멀리서 어떤 외계인이나 신이
이런 나를 보고 있다면

나의 고통 따윈 관심 없이
약간은 특이한 행성을 구경하는 기분으로
봐 줄 수도 있을 거야
처음엔 두 칸씩 야무지게 닦다가
팔목과 허리가 아플 때 대각선 방향으로 길게
사선으로 짧게 여기저기 엉망진창의 걸레질로
나름, 즐거운 리듬을 찾아 무대를 닦곤 했어

                    *

무대를 빛내면서 생각했다
오늘은 뭐라고 써야 하나, 카이가 대신 써 달라고 부
탁한 편지에 뭐라고 하나,
어떻게 그 여자애 마음을 홀리나

카이는 나와 함께 극장에서 일하는 친구야
우리는 서른 살이고 동갑
카이는 옆 골목 뉴캐슬에서 일하는 여자애를 좋아해
지금 극장 앞에서 현란한 수탉 옷을 입고 전단지를

나눠 주는 중

── 다 됐어?
── 응?

카이는 땀이 범벅인 수탉 탈을 벗으며 급하게 물었다

나는 고개를 저었다 아니, 미안

카이는 실망한 표정으로 계단을 다시 올라가
전단지를 사람들에게 나눠 주었다
카이는 키가 작았어
내 어깨밖에 오지 않았어
극장 사람들은 꼬마라고 놀렸지

수백 개의 전단지에는 '뜨거운 로미오와 줄리엣'이라
고 크게 적혀 있어.

이 공연은 누구나 아는 그 로미오와 줄리엣, 고전을 약간 비튼 거야. 이 연극에선 로미오와 줄리엣이 모두 남자야. 둘은 가문의 반대와 형제들의 반대로 사랑의 역경을 겪지. 이 부분에서 약간 희극적이야.

고전에선 슬픈 장면이지만 우리 연출가는 그런 슬픔은 돈벌이가 되지 않는다며, 갑자기 코믹한 막간극을 집어 넣은 거지.

로미오와 줄리엣은 서로의 근육을 하나 둘 셋 세다가, 갑자기 업어 주기 놀이를 해. 정말 하나도 안 웃긴데, 사람들은 웃어. 아저씨 아줌마들이 특히 더 웃어. 정말 한심한 건 연출가가 제일 신나서 박수 치고 난리 난다는 거야. 도대체 어떤 장면에서? 흠, 내가 궁금한 건 진짜 로미오와 줄리엣의 사랑인데, 그 둘이 어떤 근거로 사랑하느냐인데, 하, 그걸 탐정처럼 오래오래 궁리하느라, 눈썹이 다 빠지는 줄 알았어. 공연이 한 3개월 지나니까. 알겠더라구. 그 둘이 사랑하고 있다는 걸. 그냥 눈빛이 그렇더라. 대기실에서도 딸기나 멜론을 먹여 주고, 아이스크림을 나눠 먹고, 여튼 작품은 아주 어처구니없는 줄거리지.

＞ 이 동네엔 아침에도 낮에도 사람들이 술에 쩔어 있고, 술집 오픈을 준비하는 웨이터들은 쓰레기통 옆에서 시가를 피고 있어. 술집에 나가는 언니들은 껌을 씹으며, 미용실에서 드라이를 받고 있고, 헬스장 직원들은 주삿바늘 자국이 심한 곳에 화려한 문신을 새겼어. 멀리 카이를 발견하자, 내가 먼저 말했지.

── 내일까진 꼭 해낼게!

나는 매일 아침 뉴캐슬에서 알바를 해. 이 극장에 출근하기 전에, 밤새 영업했던 술잔을 닦는 일이야. 위스키 잔, 맥주 잔, 사케 잔, 꼬냑 잔, 와인 잔…… 얼룩 없이 빛이 나도록 닦아야 해. 술 비린내도 감쪽같이 다 빼야, 그래야 시급을 바로 받아. 주방 뒤쪽 구석엔 카이가 좋아하는 여자애의 사물함이 있는데, 그러니깐 내일 아침까진 꼭 편지를 써서 그 사물함에 넣어 줘야 한다.

이걸 성공해야
나는 중요한 걸 얻을 수 있어

이번엔 꼭 덤블링에 성공해야 오디션이라도 볼 수 있
거든
카이는 덤블링의 왕이지
한 번도 연습하지 않고 그냥 됐대
에이 정말일까? 믿어도 될까?

— 너 혹시 전생에 바퀴였니? 어떻게 그냥 돼? 어떻
게 덤블링이 그냥 되냐구.

— 뭐? 바퀴? 아니 난 지나치게 예리하고 날렵한

가위였어. 살아 움직이는 가위

하며, 카이는 쉬지 않고 빠르게, 천천히 덤블링을 했어.
덤블링은 돌아가는 속도에 따라 달라지는 휘파람 같았어.
뭔가를 전해 주는 것 같았어. 정말 멋졌지. 나는 바로 카
이와 거래했어. 너 혹시 원하는 거 있니?

*

어쨌든 비가 더 쏟아졌고, 1층 극장 앞 수탉 카이는 목소릴 높여 가며 전단지를 나눠 주었어. 상상 불가, 완벽 짜릿. 오세요. 오늘 오늘 여기로 오세요. 하며 열심히 움직였어. 비는 더 미친 듯이 내렸어. 그때 아! 악! 카이가 소리를 질렀어.

나는 몸이 굳었지. 왔거든! 술 취한 연출가…… 그 미친…… 카이를 때렸어. "똑…… 바…… 로 해. 벌레 같은 자식아." 극장에서 일하는 모든 이들한테 그러는 건 아니구! 기분이 나쁘고 취한 날에는 더 더. 카이는 넘어졌어. 카이가 입은 수탉 옷이 너무 더러워졌지.

나는 1층으로 얼른 올라가 수탉 탈을 벗겼어. 입술이 찢어져 있더라.

— 병원에 가자.

내가 말했지만 카이는 고개를 저었어.

── 안 돼.

카이는 고인 빗물처럼 말했어. 그러곤 웃었어. 하나도 안 웃겨. 근데 나도 알아. 병원에 갔다간 며칠 후에 더 맞을 거야. 카이는 아픈 얼굴을 숨기고 다시 일을 해야 하거든. 연출가는 무대 뒤쪽 대기실에 뻗어서 잠이 들었어. 코를 골며

나는 바닥에 떨어진 전단지를 하나하나 모았어. 어차피 극장 지하엔 새 전단지가 많아서, 이런 건 다 버려도 되지만, 어쩐지 내가 줍지 않으면, 내가 이걸 처리하지 않으면, 우리는 더 망한 게 될까 봐. 부끄러웠어. 누가 볼까 봐. 누가 알까 봐. 아니 알아도 우릴 못 본 체 돌아서는 그들을 내가 알게 될까 봐.

아무도 도와주지 않는. 사방에서 몰려오는 입체적인 폭력. 그거에 내가 익숙해질까 봐. 결국 그 정면을 내가 볼

까 봐. 세상의 모든 진실들이, 모든 관념들이 모두 나에게 들통날까 봐, 구석기 시대부터 로마 시대 지금 시대까지 역사는 솔직히 비슷해. 고통의 부스러기들. 다만 싸움은 비슷한 무게끼리 했으면 좋겠어. 하지만 그렇게 되지 않을 거란 걸 알아

그게 힘들지

눈이 따가웠어. 내 왼쪽 회색 눈이 저려 왔어.

내가 한쪽 눈을 잃었을 때, 교장이 애들을 시켜, 나를 괴롭혔을 때, 그 애들은 정말 신이 났어. "韓国は虫だ" "虫だ" 첨엔 무슨 말인지 몰랐어. 그 애들의 폭력은 일종의 쾌락이었어. 너무도 신나고 즐거워서 나에게 돌아가며 침을 뱉고, 랩을 하고, 옷을 벗겨 양동이에 나를 담아, 밧줄로 묶었어. 교장은 그 애들과 한패였다. 내가 알아듣지도 못하는 일본말로, 일부러 빠른 말로, 알아들을 수 없는 욕으로, 병보다 단단한 머리라며, 병으로 내 머릴 때렸다. 머리가 깨졌고 피와 유리가 눈 속에 들어왔어. 다음 날 그

애들은 핸드폰으로 찍은 나를 다른 학교에 뿌렸지.

오늘처럼, 비가 오듯이, 나는 피에 젖었지. 세상의 모든 복수의 신화는 어떻게 흘러내리는 걸까. 따가운 눈을 들어 위를 봤어. 저 멀리 지붕 위에서 망치질하는 노인이 있더라. 그때부터 계속, 탕 땅 탕 땅, 가끔씩 멈추고 가끔씩 쉬곤 했어.

탕 땅 탕 땅, 그래도 해가 뜨고 별이 지던 걸. 탕 땅 탕 땅, 망치질하는 노인은 내가 살던 고향에서도, 내가 살고 있는 이 도시에서도, 모든 곳에 있구나. 나는 아직 의식이 있어. 탕 땅 탕 땅, 그 소릴 잊지 않으려고.

하지만, 뭐 여기는 거기와 멀리 떨어진 곳인걸
난 학교를 관뒀어
그들이 원하는 대로
오랜 시간이 지났지만
그렇다고 내가 뭘 할 수 있을까
카이는 조금 다리를 절어

다시 일을 해
오늘은 고양이 옷을 입고 전단지를 나눠 주고 있어

나는 무대를 닦고 살아
나는 공연 전의 세계를 빛내지

이번엔 손바닥 두 개, 발바닥 두 개에, 모두 네 곳에
걸레를 붙이고 닦고 있어

이걸 연습하면 덤블링이 더 잘된대, 카이의 말씀
모든 근육을 발달시키고 유연해야 한다잖아

카이의 말씀
나는 열여섯 칸의 장판이 붙여진 무대를 돌아
이제 두 칸씩 직선이나 대각선이나 사선으로 닦지
않고
그냥 닦아 편한 곡선으로

마치 상추 이파리를 타고 가는 줄무늬호랑나비처럼

헉, 헉,
우아하게, 우아하게

또 카이가 뛰어온다
뭐가 급한지 계단을 다 내려오기도 전에

소리친다

— 줬어?

— 오케이,

— 진짜?

땡큐!

*

나는 손가락으로 다시 오케이 신호를 보내고 손바닥을

흔들며, 야! 어여 가! 또 미친 개가 오면 어쩌려구. 어제 줬다고. 어제 아침에 니가 좋아하는 애한데 줬다구. 편지에 썼어. 끈질기고 유연한 카이가, 키가 작지만 착한 수탉 카이가, 널 좋아한다고. 그냥 솔직하게 써서 줘 버렸다구. 짜식아!

카이는 이것도 모른 채,

나한테 뭘 하나 던지고 뛰어가

나는 야구공을 받듯이 가뿐하게 받았지

뭔가 작고 동글동글한게 만져져
정말이지

눈부시고 예쁜 뭔가가
내 손에 있었어

반짝이는 사탕

> 한 개

진주처럼 반짝이며 데굴데굴 굴러가

이건 뭘까
이건 어떤 장면일까

요술일까
폭탄일까

난 이제 덤블링을 할 수 있어
다른 극장에 가서 오디션도 볼 거야
나는 어떤 걸 연기하게 될까

흠, 고된 훈련이 필요할 거야

카이는 신나게 지상으로 올라가,
다시 전단지를 나눠 주고 있어

저 전단지에 인쇄된 '뜨거운 로미오와 줄리엣'은 예전의 배우들이 아니야. 예전의 그 배우 둘은 정말 미친 듯이 싸웠어. 죽도록 싸우더라.

의자를 집어던지고, 멱살을 잡고, 면도기로 머리를 밀기도 하면서 진짜 살벌하게 싸웠어. "왜 변한 거야? 나쁜 새끼야." "용서하지 않을 거야!" 로미오는 줄리엣을 바닥으로 집어던지고 소리쳤어. 스텝들이 말렸지만, 저번 달 마지막 공연 때, 결국 분노를 참지 못해, 공연하는 도중 줄리엣은 로미오 목을 찔렀어. 가위로 열다섯 번이나 찔렀지. 정말 무서웠어. 목숨을 바치는 사랑이었나?

아니면, 어쩌면 모든 사랑은 폭력의 활주로를 가지고 있을까? 피가 튀기고 관객들이 소리 지르고 도망갔지.

정말 망했다고 생각했어. 누가 오겠어. 이런 소극장에. 누가 찾아올까. 그런데 우리 극장은 그 사건으로 더 주목을 받았어. 참 이상하지. 우리 공연보다 배우들 스토리가 더 극적이라고 생각했는지. 놀라웠어.

> 어쨌든 우리 극장은 망하지 않았어. 여전히 우리 작품은 정말 어처구니없고, 꼴값이고, 그러나 정말로 익숙하고 정겨웠어. 아저씨 아줌마들은 여전히 웃었고. 연출가는 코를 골다가 박수를 쳤지만, 나는 아직도 로미오와 줄리엣의 사랑 방식을 잘 모르겠어. 그냥, 단단한 거. 다시 돌아 돌아 돌아오는 것. 깨져도 사랑이고 깨져도 증오이고, 깨져도 삶인 거. 그런 거, 죽도록 사는 걸까.

카이는 전단지를 나눠 주며
고양이 소리로 사람들에게 장난을 쳤어

카이는 신나나 봐
자신의 마음을
그 여자애에게 전한 게
뭔가를 전하고, 뭔가를 표현하는 게

소중한가 봐

*

카이는 거리에서 야옹 하고 있어.
고양이 탈을 쓰고

야옹! 완벽, 놀람, 화끈하게 뜨거운 공연이 있습니다. 극
장으로 오세요. 오늘 밤 8시, 뜨거운 로미오와 줄리엣. 야
옹. 저희 극장으로 오세요. 여기는 재미와 웃음과 충격의
역사가 가득합니다. 야옹.

난 계속 쓴 웃음이 났어. 난 티켓 박스에 들어가 티켓
을 팔았지. 친절하게, 공연, 한 시간 전. 마음에 뭐가 쏟아
지는 것 같아

카이가 씩씩한 꼬리를 흔들자
가는 비가 조금씩 내렸어, 거리가 관객으로 가득 찼지

휠과 철

이 세상에서, 나만 들어갈 수 없는
그 집

나는 갑자기 돌을 맞는 사람이었다 한 번에 여러 개가
날아오곤 했다 뭘 설명할 틈이 없었다 그러다가 노을이
번진 저녁에 나와 잘 맞는 치욕과 속도와 끝을 만나기도
했다

내 몸에 박힌 매끄럽고 단단한 조약돌을 280년 동안
빼내며

정말이지 무서웠다

이 세상에서, 나만 들어올 수 없는
이 집

헤어지는 일은 쉬운 일

반대편 차가 연속으로 날아오곤 했다

스피커 시대의 곡 선정 타임

한쪽에서 엘피가 돌아가고, 애플파이가 노릇노릇 구워지고 있어요

춥습니다

어느 날, 나는 영영 귀가 먹긴 하였으나, 안경 낀 식물로 지내고 있습니다

저온으로 하루를 유지해요

종일 곡 해석을 합니다

존재성 가득한 베이비 목장에서

나는 고양이를 기릅니다

수염이 귀엽고 털이 부드러운

옆집에는 머리가 두 개 달린 고양이가 산다고 합니다

수염도 없고 털도 없이

나는 두더지를 기릅니다

아랫집에는 두더지 얼굴에 다리가 없는 뱀 모양 두더지

가 태어났다고 합니다

축하하는 마음에 문고리에 요구르트를 걸어 두었습니다

그러곤 코인 빨래방에서 책을 읽었습니다

열기가 뿜어져 나오는 공간에서

비 오는 걸 구경하며

나는 거북이를 기릅니다

수염이 많고 털도 많은

내 옆에는 거북이 등에 수채화를 그리는 자가 있습니다

건조가 다 될 때까지

코인 빨래방에서 그 자와 아이스크림을 먹었습니다

그러곤 며칠 후 더럽게 헤어져, 영영 헤어져

내가 싫다고 했습니다 나를 증오한다고 했습니다

나도 고양이가 되고 싶지는 않다고 생각했습니다

고양이는 기계를 작동시킬 수 없고

고양이는 코인의 기능도 모르며

고양이는 비를 모르고 고양이는

기괴한 동물들이 입을 맞추는 맛을 모르고

고양이는 고양이가 된 인간을 비웃으며 거리의 고양이들을 모아

재판을 열 것이며 희생물이 필요한 시절엔

희생은 유희가 되고, 유희는 삶의 고통을 잊게 해 주고

기형으로 살아갈 두더지와 거북이의 이야기를 애처롭게 들려줄 테니

그렇다면 차라리 사람으로 살다가

제대로 생긴 고슴도치를 구조하고 싶습니다

선한 일을 하고, 칭찬받고 싶어서, 좋아하는 자의 등에 채찍을 갈기며,

목숨이 다 될 때까지

코인 빨래방에서 건조기와 아이스크림이나 할짝거립니다

투영하는 물질들

이따금 티끌과 빛에 대해 생각한다. 모으는 것과 원래 있는 것과 필요한 어떤 것.

이 밤의 거품 맥주와 텐트와 별자리 위치는,

*

중랑천 트랙을 돌면서

이상적인 형태를 발생시키는 어떤 힘에 대해 고민한다.

실내 온도를 낮추며 빗더미에 앉은 나약한 목소리를 떠올리며

검고, 어떤 것으로부터

응집성, 아니 보편성,
물고기와 팔뚝을 우연히 일치시키려고, 낚시를 하는 자의 이마는 미끼 같기도 하고, 편의점 바코드 같기도 하여

*

나는 우회하며
트랙을 달리고 있다.

더 멀리, 트랙 옆으로 차도의 차들이 꽉 차 있고, 신경
질과 참음에 대해, 충돌과 규탄에 대해
되도록 사고는 많이 났으면, 하고 바라는 마음이 크다.
그래야 확인이란 걸 서로 알 수도 있으니

레고 놀이는 만들 때보다, 만들고 나서, 해체할 때가 제
일 좋았다는 것을
집과 동네와 사람과 장소를 분해하며,

나는 이 공휴일의 안정, 공휴일의 포용, 공휴일의 공포,
이런 기다림의 뒷바라지에 대해 말하고 싶다. 땀이 난다.
준비한다.

그런데

검고, 어떤 것이

분명 내 앞으로 달리던 사람이었는데,
뒤로 돌아와 내 앞에 갑자기 서서 말했다.

──물 좀 주세요.

이 공휴일의 안정, 공휴일의 포용, 공휴일의 공포, 이런
불편함은 정말 소름끼치는 것이 아닐까. 땀이 난다. 준비
한다.

검은 안대를 한 사람, 검은 안대로 눈을 가리고 달리는
사람, 맹인인지, 심한 틱이 있는지, 무슨 불구의 상태로

──저는 [보지 않는 인간]입니다. 물 좀 주세요.

또 말했다.

나는 주춤했다. 내가 먹던 걸 줘야 하나. 내 침이 섞인

걸 주기는 싫은데,

　아뇨. 나는 생수병을 숨긴다.

　찬 동굴에 붙어 사는 비오리와 꼬리가 줄어드는 도룡
농과

　오래 보려고 이쪽으로 그쪽으로 계속 소금을 치는 겨울
하늘이나,

　나는 우리가 이미 오래전에 끝난 것을 알고 있다.

*

　헤어짐은 모두 다큐다. 온도가 낮다. 그것은 암흑이 내
옆에서 마지막 뜨개질을 하는 것이고, 나는 바로 그 옆에
서, 뜨개질을 따라 하고 있는 것.

　하루하루를 꿰매는 것이다.

　그런데 내게 닥친 공휴일의 공포, 공명, 공차기 연습

　언제나 디제이가 틀어 주는 음악은 개 같아 고양이 같

103

아 사슴 같아
　취향과 정도와 수준

　촬촬촬

　　　　　　　*

　보이지 않는 인간과 보지 않는 인간

　절뚝거리는 도시 뒤에선
　절뚝거리는 모형이 있다.

　이해하거나 질질 끌려가는

　디지털 칩과 청동과 고생대의 숲에서

　하수구에 떨어진 껌 딱지가 말했다.

　── 민주주의는 입 냄새가 나고, 자본주의 항문은 근력이 풀

려 버렸다.

—— 공산주의는 부러진 식탁에서

—— 이기주의는 천연 머랭이 되어 간다.

*

찰찰찰

최초의 광업소, 중력과 곡석, 녹물을 탐구하는 연못의
지저귐, 시안화칼륨을 풀고, 소의 긴 속눈썹, 사랑했던 사
람의 긴 속눈썹, 제기랄, 이 곡진하게 살아 있는 것들, 나
는 정말이지 이 세상의 집을 모두 박살 내고 싶어서

나는 이 간격과 정도를 터득한 채
트랙을 돌고 있다.

당고개역에서 작은 사람들이 내린다. 간식을 들고, 칸막

이를 만들려고, 텁텁한 침묵으로
　집시들의 건물과 집 사이를 비집고 들어가

　볼 필요도 없는 지금

　우리의 확실성에 대해

　기다리다가 현기증에 취한 빛에도
　빛더미와 네가 꽂은 비수에도 죽지 않고
　나는,

　세상을 곧잘 만들며
　트랙을 돌고
　공휴일의 시민처럼
　훌쩍이는 음악도 좋아하면서

　가끔 내장이 녹은 동굴에서 지능을 발달시키고, 광활
한 절편의 피부를 유지하며, 생생하게 미쳐 빛나고 있다.

잠자리를 타고 날아가면서

어쩌면 아직 환상이 되지 않을 때, 아껴 둔 시련

걸으면서

어느덧 네 손가락과 내 손가락이 골목을 만들고 있는 걸

우리들 굳은 피에, 안녕을 고해

까마귀라는 언어

0.
개척지

농노들의 성지

이제부터 이 구역의 개념을 바로 잡고자 하여
잘하면 나는 거, 높이 나는 거, 그런 걸 보여 줄게

아직도 울고 있는
어린 편견과 상실에게 포클레인 열여덟 조각을 선물해
주고 싶어
다 맞추면 모래 놀이 하고 있으렴

1.
나는 누구보다 속삭이는 걸 잘해
나는 누구보다 이용하는 걸 잘하지
내가 이룬 감동은 모든 게 거래
현장은 실체의 진리가 되는데

너는 기계실에서
울면서 전화했지
나를 포기할 순 없다고
참, 고마운 말씀

그렇다면 우리가 싸움 구경하다가
놓친
날갯죽지 격파를 새롭게 준비하고자 한다

영업 나갔다가 실패한 검은 물소들의 표정도
양동이를 들고 있는 하늘도
흐린 약도만 쳐다보지 말고

뜨끔뜨끔

시원한 유머가 필요한 인생이지만

2.
욕조의 미학이 무덤은 아니다

유령의 친구도 유리가 아니다

다만 얇고 가벼운 숲이었다 얇고 가벼운 털로 가득했다

그 숲에서 죽은 동생과 형들이 쏟아져 나왔다 서러워
서 내가 눈물을 흘리면, 눈물방울이 통통 통후추가 되어
버려서, 인간들의 식욕에 오래 축적되니

나는 근사한 자연도, 갈등도 아니다

비 오는 날이면 까만 입술을 날렸지
언어가 늘어날까 봐

비 오는 날이면 우울과 기쁨에게 딥키스를 시켰다

너는 또 기계실에서
울면서 전화했지
나를 포기할 순 없다고
우리가 만나선 안된다

참, 당연한 말씀

3.
긴 밤에는 라이프니츠를 존경하던 개념서를 정리했다
왜 이해가 되지 않냐고

신소재공학과 소요학파의 진지함, 그니깐 이걸 종합하
여 공통감각을 도출하면, 새로운 소재를 창조하고, 우르르
몰려다니다가 창공의 혁명을 발견할 수도 있다

감동이 반복될 땐

우리들의 텁텁한 갑상선에
겨울을 담가 두기로 하자

4.
벽이 많으면 벽을 깬다

차례차례

순수는 깨끗한 게 아니지
순리는 미끄러지고

미디어와 탈주
미래와 메모

중요한 말은 귀중한 법이다 나의 본질은 고가 밑에 쌓
아 둔 철근이다

뜨끈뜨끈 후루룩 삼키는 것이지

고가가 무겁게 흔들리면 젖은 산에 머리띠로 해 주면
된다

세계의 美 따위 반납하는 것이다

떠도는 불

이제 더 이상 폭죽은 멋지지 않아
가느다란 손가락은 나뭇가지와 닮았지만

바다를 둔다
모두가 보고 있으니

시들지 않는 튤립과 변하지 않는 공간

이마를 긁어요
한 번에 다 설명하지 못하겠지만

이중 번역, 나의 실력에는 윤기가 흐릅니다 입술을 꾹
다뭅니다

흙탕물이 섞인 해변에 가자, 오래 걸리진 않아
예약해 두었던 왁싱을 마치고, 전문가의 정성 어린 태
도를 신뢰하면서

윗집에서 물이 샌다고 한다

> 영어나 히브리어로 독어나 아랍어로
허들을 세워, 우리가 정말 할 수 있을까요

양보합니다, 불안은 자전거를 타러 가세요, 눈알이 두
개인 물고기를 이해하여, 물고기 위에 올라타, 속도를 채
우고 전진하며 인간의 거리를 헤매게 하여

어느 날, 근대는 좋은 문제를 남겼습니다
배구 시합으로 충분해요
하지만 대체 세계의 자긍심으로

점잖고
설득하고
분노하고

이중 마음, 나의 실수에는 하찮은 놈들이 살고 있습니
다 입술을 뜯어 먹습니다

불 꺼진 텐트를 지나, 콘크리트 조각 옆의 고양이가 어

슬렁거리는 구멍가게에서
　불꽃놀이 재료를 샀습니다

　등대는 매일매일 태양을 굴리는 물소 떼를 보고 있다

　이것 봐, 나는 어지럽다
　피식 웃으며

　이것 봐, 나는 궁극입니다
　피식 걸으며

　주제는 침착하고 한 번에 다 알기는 어렵지만
　별과 모래와 모든 것을
　다 줄게

　갈등이 없는 총체성
　오전의 풀숲
　9월의 의자
　참고 싶던 목마름

> 늦게 도착한 모임에서 우리는 과자와 음료수를 나눠 먹
었다

어떤 순간에는

흰 공을 굴리며 흰 감자의 녹말 성분으로 구름이 헤어
진다 현실은 분쟁 없이 다투고 화해하는 방식으로 상대를
지속시키며

거기 둔다

이것 봐, 보글보글 휴식입니다, 나는 무지개를 구기며
말했다

표현과 맹세

이번 주엔 수영장에 가자
이집트 마우의 털가죽으로 만든 수영 팬티와
모자를 쓰고 물속에 뛰어들자
비존재 비구성

반하고 홀리고
물결 속에서 우리
의 맹세는 계속 바꿀 수 있으니

구석의 잠영으로 마음껏 침을 뱉고 급하다면
피오줌을 참지 말고, 맹세는 프랑스어로
serment serment serment
코끝에 힘을 빼고 어려운 발음을 잠자코 연습해 보자

너는 거기 있더라 찌그러진 달 옆에, 탈색한 머리로
신나서 꼬부라지는 춤을 추면서

버려진 페트병을 계속 밟으면
투명한 리듬이 터져 나와

나는 공중에 떠 있어, 오후 내내 조팝나무, 멍 때리다가,

높고 단호한 구름사다리에 올라가 흩어진 공기들을 모아

　아직도 설명이 많은 세상에서

　액체 산소가 시원하게 내림, 바람과 바람직함,
　열량 투입 및 소각 이론

　체내에 흡수되지 못한 우리의 속도에 대하여
　창동역 회기역 망월사역으로

　빛나는 게 뭔지 보여 주고 싶어서 네 눈은 항상 총명하
였고,
　체인 목걸이에 달린 반달 모양 펜던트는 네 어깨와 잘
어울렸어

　야외에 설치된 외부 탱크들은
　우리가 풀어 나가야 할 문제처럼
　필연성과 염려
　필연성과 염증

이번에는 너

짠돌이

무심해

이런 전깃줄을 이어 가면서

부틸고무

작고 *꼬물꼬물함*

생태 보존 자원봉사 광고판은 꺼지고

나는 밤마다 맥도널드에서 감자를 튀기고 있어. 나는 열량 소모 중, 어디 있니, 지금 뭐 해?

철봉이 좋아서 너의 팔에 매달려, 2분만, 프렌치프라이로, 바삭한 겨울

액체 산소 계속 내린다. 네 바지에서 떨어진 쪽지, 뿔개미의 필적, 사람들의 활동 분야를 읽어 보며 뭉친 곳을 살펴보기

맥

톤

톳

아직도 집을 찾아다니며, 비철금속, 포기할 수 없는 미디어와 함께, 비트와 발음과 멜로디로, 매일 밤 생선 머리를 모은다는 순박한 너의 어머니로부터, 독단적인 젤리의 숭고를 만져 볼 시간

그해 겨울, 핸드볼 선수가 꿈이라던 너의 입장은 충만했다
끈기 끈기, 끈적이는

삶과 안부

구부러지는 상황들, 지하철 주변에 떨어진 페트병을 들고 너는 춤을 춘다
에펠탑에 꼭 갈 거라면서, 이따위 21세기 하관이 맘에 들지 않는다고

방송으로 나오는 노래와 안내는 차분하고 거짓말 같다며,

너는 붉은 민어처럼 바닥에 손바닥을 대고 빙빙 돌고, 화가 난 듯 춤을 추고, 회전의 전사처럼, 어쩌면 너는 소심한 여자애들을 몇 명 반하게 하고, 영영 일어서지 못하게 했을 거라고 생각했어

하여튼 지키면서,

너는 너의 방어를 성장시키며, 기미 주근깨가 보이지 않게 꼭 맨땅 위에서 마음껏 표정을 지으며, 땅속으로 다이빙을 하는 얼굴로, 땅속도 뚫어 버리겠다는 각오로

나는 가방에 청귤을 넣고, 속기사 학원에 등록했다

꽃무지아, 꽃무지, 생활양식이 쏟아져 나오고
돌담 벽과 키스를 나누는 옆

우리는 스낵과도 같이
투명한 페트병을 들고, 광장에서 너는 세계의 춤을 춘다

그 나머지는 모두
무책임한 장르가 되고 모두가 졸고 있을 때

핸드볼 선수가 되고 싶다던 너는 12월엔 창자로 트리를
장식할 거라며
"최선을 다해 보고 싶어"

가엾고 분명한 휘파람을 부르며
사랑은 땀구멍 같아

너는 어디서든 믹서기보다 용감하게 살아남아서, 굴러
떨어진 우리의 각진 창문을 다시 만들고
나는 페트병을 신나게 밟으면서

우리의 작고 눅눅한 방을 잊으면서
이불과 흐트러진 인간 발명품의 희귀한 안정들

너는 지금쯤 너에게 반한 몇을 처리했을지도 모른다

공군들의 마약으론 새털구름 먹구름, 술과 메스칼린, 비닐랩으로 내 얼굴을 꼭꼭 싸서
　깊은 곳에 버린 너

　내 결혼식에 오지 않던 너

　사람은 땀구멍 같아
　오늘의 공공 예술

　폭격기와 기업체, 나는 지금 끝도 없을 문장을 만들며
　그때 네 가방에서 툭 떨어진

　너의 일기 너의 보석 너의 근육
　나의 하찮은 말들로 적혀 있던
　온통 나뿐인
　너의 일기

　계속 거기 있는 회기역 창동역 망월사역
　직관과 추락,

나는 혼잡하지만, 100년 후엔 열기구를 타고 담배를 푹
푹 피우며 수영장에 가자

너의 침과 너의 숨이 가득한
수영 팬티도 물안경도 뭉게뭉게 모자도 없이
멈추지 않을 때까지

오버뷰

그림책과 그림 같은 집을 지었어

이를테면 킥보드, 메리골드, 핫도그, 솜사탕, 부드러운
현관 러그가 필요한 장소를 꿈꾸다가
　신발 바닥에 뿌리가 난 것을 보았다

죽어 있는 방에서는 빛나는 은쥐가 나온다고 했는데,
그 후에 빛나는 은쥐가 어디로 갔는지 아무에게나 물어
보고 싶었지만

방사선과 의사는 뭉툭한 주먹에 차갑고 투명한 액체를
묻혀

내 몸속의 아득한 열매를 보듯이 말했다
"누군가 웅덩이에 빗물을 가득 채웠어요"

아무도 없는 증기 기관차가 혼자 지나가는 것을 보았다
밑에서 찰랑거렸다

IV. virídia

초록집 두 개,
시냇물 하나

작은 오리와 작가

0643TTXX

창가 빗방울이 맺힌 모양에, 별명을 붙여 주었지

YYUU5W5W

금은사사시시나무 꽃망울이 맺힌 모양에,

기사도 암호 서약을 붙여 주었지

2023, 영원히 사라지지 않을 장소에서

햇볕을 나누는 시간에, 구름과 바람도 함께

키위주스를 한 모금 마시고, 나는 어떤 신비로운 아이
러니와 명료해지는 바깥도 잘 만들 테지만

*

잠시, 고통이 없습니다.

오호츠크해와 북태평양의 소식, 거리가 사람을 걷게 만
든다는 소식, 나는 천천히 이동하는 현상이지요.

굳은 팔을 조금씩 움직여

나는 나를 조금 떼어 냅니다.

*

판사는 작은 사람의 이름을 호명합니다.

핑 돕니다. 핑 도는 희극을 쓰고 싶은데, 작은 사람은 나의 딸이거나 나의 달이거나 나의 별빛으로 철로를 이어 가라고 판사는 말씀하시지요.

꽤 오랫동안 나는

작은 사람이 필요한 사람으로 자라길, 먹이고, 훈련시키고, 이기고, 살아남기를, 신의 가호를 빌던 안쪽에서

희극의 사건을 다시 떼어 냅니다.

＊

겁이 많고 포근한 사연 가까이

— 사람은 슬프지.

— 못 만나서?

— 응.

— 그렇다면 내가 없어지고 다른 게 되는 건 어때?

— 응?

— 엄마, 내가 밤송이가 되는 건 어때? 내가 오리가 되
는 건 어때? 사람 말고 다른 게 된다면 하나도 안 슬픈 거
야? 울지 마. 내가 그걸로 변할게.

*

가끔

이제부터
작은 사람은 작은 오리가 되지요.

큰 사람이 작은 오리를 만나는 소식, 아마 일주일에 한
번, 한 달에 한 번, 산책길에 매일, 그렇게 만나도 슬프지
않은 사이가 되려고

*

작은 사람은 작은 오리가 되어 물속으로 들어갑니다.
무거운 쇠 벨트와 산소통을 메고, 포켓몬 잠만보 모자
를 내 머리에 낑낑 씌워 주며,

깔깔깔 웃어 댑니다.

성공입니다.

우리가 물속에서 미역과 달팽이와 상어와 비행기와 울퉁불퉁한 우주선과 뚱뚱한 괴물을 만져 보는 동안,

신은 저기서 반복이나 합니다.

먹고, 훈련하고, 이기고, 살아남기를
사람의 가호를 기다리며, 철로를 걷지요, 관객이 신을
걷게 만든다는 소식에,

깔깔깔 웃어 댑니다.

성공입니다.

*

여름은 현상입니다.
어떤 아이러니는 후회되고,

> 무대는 기적을 떼어 냅니다.

작은 오리와 담요에 누워 젖은 몸을 말립니다.
물기를 털며

나는 작은 오리를 조금 떼어 냅니다.
아프지 않게

꽤 오랫동안

작은 오리는 귀엽게 뒤뚱거리고, 사람들을 구경하며, 하
얀 구름을 보고, 하얀 파도를 만져 보고, 우아한 세월을
거쳐

만년설이 쓴 일기도 읽으며,

가끔 숲속 친구와 늙은 호수를 떠나, 내가 없는 희극
속에서 날고 있을 테지요.

상계동

투명하고 미지근한 곳에 살았어

비가 오면 비를 가졌고 별이 뜨면 별을 가졌지

밖은 잘 들리고, 잘 보이고, 무섭고, 부끄러웠다

젊은 베르테르의 슬픔을 다 읽고 나서도 운명이라는
단어를 이해 못했어

언제부턴가

슬픈 철인간, 나의 비닐 하우스, 선하고 악하고 못생긴
채소들

약을 치고 물을 주고 빛을 쬐어 주듯이

엄마는 얼굴 없는 이에게 옥수수를 주었고, 연쇄살인을
몰랐고, 노름에 빠진 남편을 재워 주었지

소나무에 묶여 있던 개는 사람이 남긴 밥을 먹으면서

엄마 아빠라는 걸 처음 얻었지

나는 이파리 같은 집을 구하러 심약한 숲속으로 갔지

언제부터 대파에게 음악을 가르쳐 줄까

물론, 다르지만, 필요하다는 말은 얼마나 소중한가. 납
작코 고철덩이, 때론 기관사T-B75 대장, 소통 없이 고통
없이 나는 일할 수 있다

시간을 맞추고
틀리지 않게
반복하고

분리하고 회전하고 멈추고
일을 마치고 지나갈 때
비를 마시는 나무들

난간에 서서 가만히 있는 새들
눈이 부실 때 입을 맞추는 연인들

세계의 느낌은 좋고 필요는 어디에 포함되는데, 연골도
없고 쓸개도 없고, 깊게 팬 주름도, 듬성듬성 난 수염도
없이, 거친 손에 향기 나는 핸드크림을 바르는 부드러움도
나는 모르지만

일을 마치고 돌아설 때

내 이마를 조였던 육각볼트가 또 쉽게 풀려서

골목을 따라 조르르 굴러가
앙증맞은 아이를 따라가다가
물체를 집고 싶어

아이피에이 캔맥주 몇 개와 대파 몇 개와 소시지를 사고
미지근하고 차갑고 뜨거운 것이 중요하지만

그런 것들과 상관없이 만약 내 얼굴에도 무해한 거품이
묻는다면
오늘은 슬픈 유머를 배우는 것이다. 구겨지는 상태로,
오래, 삐그덕대며,

아무도 알아듣지 못할, 아무도 웃지 않는 이야기를

눈동자도 없는 눈으로 흙 묻은 응시로

그러면 나무보다 작은

나의 대파는 못난이 주인에 대해 쉬지 않고 떠들어 줄
것이다

털북숭이 느림보
혹은 주정뱅이 농부에 대해
경제 관념이나 배려 존중은 관심도 없는
그들의 저녁을 채워 주느라

나는 경쾌한 대답을 해 주며 생을 지샐 수 있을지도

딱딱하고 변하지 않고 달려야 하는 도시에서, 싸움이
장식된, 무거운 어깨를 들썩이며,
여름 내내 타조 옷을 입고 춤추는 스페인 광대 이야기
를 전해 주는 것이다. 마르고 빼빼하고 더운 자세로 사라진

어떤 소망은 언제부터 이상해진 것일까

반짝이 가루를 마시다가 깨져 버린 삶은,

모든 것이 의도적이고 모든 것이 즉흥적이라는데, 잊었
지만 다시 생각해 내고 처리할 수도 있다는데

태어난다는 건 무엇일까……
일을 마치고 돌아갈 때
나는 슬픈 유머를 배우게 된다

이 부분과 충혈된 마음으로,

그런데 이런 것의 전체는 어쩌면 노을의 고유한 습성을
따라하는 행동으로 정리해 볼 수도 있으니, 내가 음악을
알 수 있다면
어떤 상태로 상관없이

에칭프레스

연두색 사과는 테이블에 있고 찌꺼기는 믹서 안에 들어 있다

창문을 열면 바람이 들어온다
희곡을 외우고 있다

응, 그러니까 통조림을 들고 한참 서 있다 공통되는 부분을 공감이라고 하나

통계적으로 비율이 높은 것
가까운 서사를 이해하며

편의점에 왔다 갔다 한다
결말이 있을 거라고

티브이 속, 면봉을 들고 있는 해마가 나를 본다

혁신인가
오해인가

잠깐이라도 울면 안 된다

테니스장
활기찬 사람들
모처럼

몽환과 행동 사이에서

등에 번거로운 사람이 있다 날카로운 뚜껑을 버려야 하는데 난처해져서, 뛴다 흘리지 않으려고 뛴다 발목 아픈 걸 좀 줄이려고

숨어서 모르는 짓을 하고 와서 악마를 잘라 달라고 한다 바구니에 대해 말하고 싶었는데 돌아서서 팔꿈치만 흔든다

풍선은 해골 같아 어서 집어 치워,
갑자기 나는 취한 척한다 감정이 많은 것처럼

치약을 많이 쓰면 덧니가 없어진다는데, 좋은데 경멸하는 거, 둘 다 믿는다
생명성
접촉

화장실에 왔다 갔다 한다
끝내

세계로부터 보호하려고
그렇게

제조일자와 어떤 사람의 생일을 같게 한다 나는 통조림을 들고 서 있다 취재는 아니다 통조림은 내 신념을 모른다

심전도
형광등
개방 시간, 기회 논리

가로등은

다친 아이를 비춰 주고 있다

현기증이 희곡을 외운다, 일어서서, 어떤 이들은 함께 있다는 사실만으로도 만족하여 적당한 우정과 친화에 즐 거워했고

나는 통조림을 들고 한참 서 있다

현실인지 추상인지, 대결과 문제는 있는지
생활의 논란

몽환과 행동 사이에서

죽은 돼지에게 약물을 투여한다
말투를 바꾼다

죽을 때까지 친모를 찾지 않을 것이다

기타시외 5501

우연히 만들어진 장소이며, 절정의 극대화된 명명
스컹크 세 마리 정도 들어갈 수 있는 곳
최대의 양과 최대의 가능성을 넘어서고자
지나가는 스컹크를 더 데리고 왔다 이곳에 잠시만 와
주세요
지나가는 스컹크 10마리를 더 데리고 들어가게 했다
지나가는 스컹크 100마리를 더 데리고 들어가게 했다
그 앞에서 뭔가를 쓰고 고치고 쓰고 고치고
지나가는 두꺼비 1마리를 반으로 잘라 넣어 주었다
입구를 깨끗하게 닦았다 애잔하게 꽉 찬 냄새를 바라보
았다

기타시외 5507

이어서 나타난 것은 상가 어느 구석, 그것은 언제나 마
련되는 확률의 수치로

이어서 나타난 것은 투명한 행렬 다른 구석이었을 것
이다

피와 오줌

뜨거운
열기와 연기

한 사람이 열었다
한 사람이 나왔다

옷걸이와 열무
꼬리와 마이크

나는 그 앞에서 세금을 받았다

기타시외 5529

아이스 녹차를 기다리는 시간

내가 당신을 압박합니다

내가 여러분을 모십니다

내가 이 도시를 먹습니다

내가 웃으며 칭찬합니다

청량리로 갑시다,

자, 다시 청량리로 갑시다

발로 박수 치며 뛰어 갑시다

헛, 둘, 셋, 헛, 둘, 셋, 청량리 발박수를 치며 파멸해 갑
시다

양탄자

결국 삼촌에게 지고 말았다

아무래도 내가 모르는 어떤 재능을 가지고 있는 것 같다

밤마다, 흉측하고 차가운 발이 다녀갔고

지금 나는 엎질러진 꽃병처럼 누워 있다

어떻게 어쩔 수 없음이 논리적인 거라고

이런 걸 폭신한 평화라고 배웠다 하얗고 멋진 삼촌들

한테

넓고 가득한 그것

가을이 오기 전

느닷없이 날아오는 축구공을 차다가 공중회전 했어요

슬리퍼와 날아간 넓고 무모한 마음

까지고 피나고 멍들고
손뼉 치고 업어 주고 또르르

오전의 소망과 오후의 소용돌이
좀처럼 줄지 않는 담론과 산책

때로는 기억이 기억을 지운 1아르의 통폐합과 편도선
붓기에 대해
회의해 보기, 정말 무서운 일은 잊게 된다

둘이 앉아
둘이 손을 잡고 앉아

미루었습니다, 어떤 날들을, 믿지 않았어요, 미래를, 곧
닿을 거라면, 더 갈 곳이 없는데, 그리곤
미행했다
형사처럼

어떤 시간에는 살그머니 살아가는 인간들이 쨍해요
여기저기 대통합, 한강 주변에도, 퇴근길에도, 환승역에
도, 회 뜨는 주방장 근처에도
덴마크 프린트 공방에도

날아가 돌아오지 못하는 마음

이제 생각났어
그렇게라도 하지 않으면 살 수 없어서

벨기에 유약 화분에게 속삭여 보지만

레몬버베나 옆에 토끼 도자기 있어요, 빗자루와 삽이
참신하고요, 여기는 수다의 빌리지,

질 좋은 식재료와 유용한 리빙 제품을 갖고 싶은데,

난간이 위험합니다, 의도적인 기억상실, 계획된 모름

생존과 바닐라 시럽
땅콩 껍질을 뒤집어 쓴 개미들

둘이 앉아
둘이 손을 잡고 앉아 소곤소곤 쪽지를 개발합니다

밤에서 아침으로, 그러니까 구체적으로
우리에게는 의자의 유혹이 있었지

정말 무서운 일은 잊게 된다

문어 젤리를 하나씩 깨물어 먹으면서
저주가 있을 거야
아니 시원할 거야
저주는 첫눈과 사라지나

재미는 팥을 먹을 때 생기고
믿음은 빗물과 사라지나

살그머니 살아가는 세계가 쨍해요
나는 너무 어려웠다

해리성 기억상실, 깊은 상처는 시대를 타지 않는데

납
가공, 금속류
은백색의 환영들

우리는 그때 모두 어려서
칼싸움을 했다
주먹을 휘둘렀다
머리를 벽에 찧게 했다

험악한 생각과
회의를 나누자

모두가 잘 들을 수 없겠지만

최선을 누리는 여기저기 대통합
인사, 환영, 확실, 두려움 없는 빛
코알라와 자동차

공통적인 것을 표시하면서
재채기를
여기저기
숨겨 가면서
증강현실 방식으로, 삐뽀 삐뽀, 수없이 죽고, 수많은 내
가 죽고 나서야, 살그머니 살아남은
도로 위의 화자가 말한다

"저기, 토끼 도자기가 지나가요"

가을이 오기 전

둘이 앉아

둘이 손을 잡고 앉아 후추를 개발합니다

터널을 지나 넝쿨 속을 지나 토끼 도자기 달린다, 가끔
세단뛰기 또는 렉

수첩보다 작은 방

우리는 하얀 침대에 누웠다
깨끗하고 익숙한 세상을 믿으며
밖은 아무래도 여기보다 더 시원할 거야
이 마을엔 아이들이 많고 그래서 학교도 있고
인부들은 내일 공사할 장비를 조심히 풀어 놓는다
기중기와 굴착기와 컨테이너로 만든 간이 부동산
아직 공원이 되지 못한 산등성이와
지도에 없는 새 길과 버스 정류장에 가기 위해 빙 돌아
가는 가벽의 벽돌들
가끔 불빛을 보내는 먼 도시의 신호들
우리는 모두 이렇게 살다가 죽는다는 걸 안다
나는 베란다에서 혼자 아픈 사과나무를 보고 있고
너는 옷장 옆 단색 벽지의 한 가지 의지를 보면서
우리는 하얀 침대를 재우고 있다
토닥토닥, 우리는 서로 깨어 있지만
침대가 깰까 봐, 스탠드가 깰까 봐, 아니 바깥의 모든
지옥을
돼지 인형과 다람쥐 접시에게 들려주며
우리는 내일도 써야 하는데, 내일도 쓰고 읽어야 하는데

그런데, 라는 이 작은 방을 꿰뚫고
커튼을 내리고, 숨도 쉬지 않지
우리는 하얀 침대와 꿈을 꾸고 있다
속으로만 속으로만 작게 물어보지, 내일은 뭘 먹을까
목요일엔 약속이 있는데
새 수건을 시킨 건 언제쯤 오는 걸까
그 수건으로 얼굴을 닦으면 기분이 좋아질 거야
솜털 위에 메모를 남겼다가 지웠다가
글자처럼 꼭 너를 끌어안고
우리는 하얀 침대를 창밖으로 떠나 보낸다
침대는 잠들고 싶은 우리에게, 베개의 마지막 이야기를
들려주며
우리는 아직 방이 필요하니까
침대는 혼자 멀리 날아간다, 이렇게 살면서 영원할 수
있다

V. moméntum

나의 수평선

번역 불가능한 혼합인격과 극시
— 극시의 형식으로

패러글라이딩은 당신의 어깨 위에서 날았고,
아침마다 마른 신발을 신으면 나는 다른 사람이 되었어

1. 목화 인간 1 (독백형식)

텍스트, 얼마든지 변할 수 있다는 생각

내 식탁 위의 바게트, 바게트 연구, 왜 오늘의 아침 식사는 나무보다 바케트에 더 관심이 가는지

행여, 텍스트의 구조와 뼈대, 얼마든지 비극이 될 수 있다는 생각

무질서,

공포,

상냥한 친절

고심 끝에

나는 오래전에 죽었어. 에게해 주변에서 발견되었지. 내가 어떤 이유로 그들에게 선택되었는지 잘 몰라. 나는 계속 연구실에서 이식 수술을 받으며 살았어. 처음에는 평범한 사람의 간과 심장을, 그 다음에는 돼지나 소의 내장을, 그다음에는 광물과 반도체의 이식을, 그다음에는 잘 기억이 안 나.

여튼 여러 번 발견되고, 죽고, 살아났어. 나는 오늘날, 발견의 인간이야.

나는 감정이 변할 때마다, 몸에서 목화꽃이 피어나 내가 목화꽃을 얼마 안 가지고 있는 건

감정이 몇 개 안 된다는 것뿐.

감정의 피부병이라고 하지. 의학에선

여기저기에서 나는 추방되었어.

계속 쫓겨 다녔지. 전염병처럼.

하지만 여기선 나를

목화인간이라고 불러……

이곳은 내가 사는 육지의 남쪽 끝. 버려진 항구 도시야. 정부에서는 우리 도시를 관리하지 않아. 유령의 도시라나. 들어오면 모두 죽는다는 곳. 하지만 말이지. 여기 사는 사람들은 참 정상이고 누구보다 평화주의자이며 배려심이 깊어.

내가 인간으로 살아갔을 때, 그러니까 대학 시절, 토목 공학을 전공했어. 연구에 몰두해야 했지만 등록금과 책값을 벌어야 했어. 낮에는 청소기 조립 공장에 다녔어. 지하에 들어가 청소기를 조립했어. 정해진 시간은 없고 하루에 300개의 청소기를 조립하면 퇴근할 수 있었어. 일을 마치고 힘들게 굳은 몸을 펴며, 공장을 나올 때, 한 여자를 보게 되었어.

바닷가에 앉아서 흰 가루를 날리던 여인이었어. 슬픈 눈으로 죽은 이의 가루를 조심스럽게 뿌려 주고 있었어.

그 여인은 정말이지 아름다웠어. 눈에는 분노가 가득했고 가루를 날리던 손짓은 지휘자의 손보다 섬세했지. 차가움과 뜨거움의 조합이랄까.

그 여인은 노래를 부르고 있더라. 마치 주문처럼

나지막하게

나는 그 여인에게 사랑을 느꼈어. 정말 처음 겪는 감정이었어.

알 수 없는 소용돌이

── 당신에게 묻고 싶어요. 이 시간이 어디서 왔는지,

나는 여인에게 말을 걸었어.

하지만 여인은 내 말을 듣지 못했어.

── 당신에게 묻고 싶어요. 이 순간이 어디서 왔는지,

여인은 여전히 나를 보지 못했어

한참을 울던 여인은 녹아서 사라지고,

그런데 가까이 가서 보니, 청도요새 한 마리가 혼자 있
었어.

청도요새는 물속에 부리를 넣고 가만히 있더라구.

몇 분이 지났을까. 청도요새가 부리를 빼내자, 사라졌어. 내 손에 부리만 남겨 놓고선

청도요새도 그 뒤로 다시는 볼 수 없었어.

나는 평생 그 여인만을 그리워했어.

2. 기울어진 스탠드 조명 아래

인물:
동생은소금구이
동생은생선구이

장소:
우체통앞

동생은소금구이: (우편 던지며) 이건 젖었어
동생은생선구이: (던진 우편 다시 가져와) 이건 볼품

없군

동생은소금구이 : 이건 읽기 귀찮아

동생은생선구이 : 이건 똑같은 게 세 개나 되네

동생은소금구이 : 자네는 분석적이네

동생은생선구이 : 자네는 감성적이지

동생은소금구이 : 작년에도 우체부가 오지 않았지?

동생은생선구이 : 그런 건 오래전에 멸종되었어

동생은소금구이 : 그럼 우리가 할 수밖에

동생은생선구이 : 선구자는 위대하네

동생은소금구이 : 동생은 어느 쪽으로 가나? 이 우편 주소의 옆집 옆집으로 가네

동생은생선구이 : 동생은 어느 쪽으로 가나? 나는 이 우편과 상관없는 걸 택하겠네

둘은 일어나 다른 길 쪽으로 가다가 다시 되돌아옴

동생은소금구이 : 기다리면 누가 올 걸세

동생은생선구이 : 노동이 필요해. 우리 노동은 신성하게 인정받아야 하네

동생은소금구이 : 사회운동은 모두 틀렸어

동생은생선구이 : 노동은 우리의 스낵이네

동생은소금구이 : 자 음악을 트세

동생은생선구이 : 살인은 싱겁고, 피 정리는 비린내 때
문에 못해 먹겠어

동생은소금구이 : 좀 얇은 것부터 시작하세

동생은생선구이 : 좀 멀리 있는 것부터 시작하세

둘은 뜨거운 팬에 우편을 구워서 먹는다

3. 날씨 확인 가능

인물:

블루문

얼룩소

컵

장소:

케이블카 안

블루문　　 : 정말 이해할 수 없네

얼룩소　　 : 그게 무슨 말인가

컵　　　　 : (구석에 조용히 앉아) ······

블루문　　 : 나는 오래전 죽은 한 남자를 알고 있어
　　　　　　 그 남자는 내 일기를 가져갔지

얼룩소　　 : 왜 자네 일기를 가져갔을까

컵　　　　 : 별 색다른 일이 없었을 텐데요

블루문　　 : 내가 이해가 안되는 부분이야 대부분 시
　　　　　　 간에 관한 것들이거든 행성들을 관측한
　　　　　　 시간 말이야

얼룩소　　 : 무슨 일로 죽은 거죠?

컵　　　　 : 사람이 죽는 데는 딱 두 가지. 자연사거나
　　　　　　 억울하거나 그런 거지요

블루문　　 : 더 특이한 건, 내 일기를 가지고 부정맥을
　　　　　　 체크했다는 거지

얼룩소   : 행성 관측 시간과 부정맥 체크라……

컵   : 뭔가 한이 느껴지는군요 맺힌 게

블루문   : 그 남자는 항상 내 일기를 읽으며 울었다
         는군

케이블카, 흔들린다

바람 소리 거세짐

얼룩소   : 참 나, 어디서요

컵   : (케이블 밑을 보며) 저 아래 어디선가이겠죠

블루문   : 나는 아주 가끔 사람들의 방에 가까이 갈
         때가 있어

얼룩소   : 저는 평생 사람들과 가까이 살았죠

컵   : 저는 아직 한 번도 만나 보지 못했습니다

블루문   : 사람들의 방은 다 비슷한 구조더군 침대,
         책상, 이불, 티비, 액자, 옷과 수건

얼룩소   : 사람들의 땅도 다 비슷한 구조입니다 흙,
         곡식, 우유, 돌멩이, 들판, 땀과 노력

컵　　　　　：사람들의 입을 한 번만 만나고 싶습니다
　　　　　　　화난 입, 실망한 입, 외로운 입, 잃어버린
　　　　　　　입, 굶주린 입, 진심으로 사랑하는 입, 떠
　　　　　　　나는 입……

블루문　　　：이거 언제 멈추나?

얼룩소　　　：아마 며칠은 더 걸릴 겁니다

블루문　　　：다행이군

얼룩소　　　：불행이군

컵　　　　　：(케이블 안을 보며) 컵 속의 컵 같아요

블루문　　　：귀엽군, 나도 달 속의 달을 느낀 적이 있지

얼룩소　　　：(케이블 문을 열며) 이제야 좀 숨이 쉬어져
　　　　　　　요

컵　　　　　：바람이 차군요

블루문　　　：바람도 차고 별도 차고 저 아래는 더 차갑
　　　　　　　네

얼룩소　　　：목장의 딸이 걱정됩니다. 기침이 심한 아
　　　　　　　이였는데,

얼룩소, 눈물 그렁

컵   : 아이들은 잘 아프답니다
블루문   : 아이들은 아프며 크는 건가
얼룩소   : 아이들은 꿈을 꾸며 크죠
컵   : 아이들이 커서 혼자서 컵을 잡고 스스로
            물을 먹을 수 있다면, 그 삶은 이미 끝난
            거라고 했습니다
블루문   : 누가 그러던가
컵   : 보조개도 그랬고요 입꼬리도 그랬고요
블루문   : 담백한 소리군
컵   : 앞니가 많이 빠진 과도가 그랬습니다 때
            가 낀 뒤지개도 동의했습니다
얼룩소   : 겁먹지 말게, 사람들은 자신이 아이였을
            때를 알고는 있어
블루문   : 동경인가? 순수인가?
컵과 얼룩소 : (동시에) 인정이고 외면이죠

4. 목화 인간 2 (독백형식)

분노 맑음 주의

청도요새 부리를 테이블에 올려놓고, 몇 년을 보냈어. 내 몸과 정신은 너덜너덜해지고 멍해졌어. 숨이 막히던 걸.

그리곤 나무들이 자꾸 보이는 거야. 나무들에 대한 집착, 나무들에 대한 집념, 나무들에 대한 혐오, 나무들에 대한 영광, 나무들에 대한 애도…… 나는 다시 연구실에 합류했어. 정말 쉬지 않고 연구했어. 「나무의 생명과 인간 생명을 통한 17차원의 사회적 연구」라는 논문이었어. 10년 동안 매달렸어. 랩실 사람들과 매일 같이 밥 먹고, 같이 자고, 함께 고통을 나눴어. 그런데 학술 대회에서 일이 터졌어. 같이 공부하던 선배가 내 논문을 카피했고, 먼저 발표해 버렸어. 내가 모든 걸 바쳐 연구한 "움직이는 나무 인간"의 이 물질적 대상은 세 가지 논리에 의해 성립되는데, 내 풀전도체 실험 양식을 훔쳐서 발표했지. 꿈에도 생각 못했어. 눈앞이 캄캄했어.

〉 나는 인생을 포기했다. 내 연구가 실패한 것이 아니라, 내 연구를 훔쳐 간 선배 때문이 아니라, 내가 공들인 연구, 나의 전부인 줄 알았던, 랩실의 그 많은 다수의 인간들이 모두 나를 모른 체하고, 그 선배를 응원하고, 그 선배를 지지했다는 거야. 선배의 아버지는 세계적인 기업가였어. 비참, 참혹, 배반이라는 거 입 밖으로 꺼내기도 힘들었어.

나는 약을 먹었고 바다에 뛰어 들었어. 그 후로…… 살아 남아서

이 항구 도시에서 목각 인형을 만들고 있어.

목각 다람쥐, 목각 말, 목각 아이, 목각 고양이, 목각 개, 목각 돌고래, 목각 물고기, 목각 비행기, 목각 자동차, 목각 로봇…… 가끔 아이 손을 잡고 오는 엄마들이 와서 목각 인형을 구경하기도 해. 그리고 내가 해야 하는 일이 뭐였더라. 서성이다가 하루가 끝나지.

나는 지금 책상에 앉아 이 글을 쓰고 있어. 청도요새가 남겨 준 부리에 작은 펜촉을 끼워서 쓰고 있어. 참 오래되고 참 사랑하는 순간이지. 나는 청도요새의 목소리일지도 모를 이 부리를 지금도 간직하며, 바닷가에서 울던 그 여인을 떠올려. 그 여인을 찾기 위해 세계의 해변을 모두 뒤졌지.

5. 약속을 요리하자

인물:
도마
냉장고
충전기
물티슈

장소:
식당 안

도마　：여기는 지구야

냉장고 : 그건 맞지만 진짜 지구의 소리가 그립네

충전기 : 우주비행사 분들의 말씀 같습니다

물티슈 : 닦고 빌고, 닦고 준비하고 있어요

도마　：저건 누군가

냉장고 : 혹시

충전기 : 줄무늬 지느러미를 펄럭이며 걸어가는 저 친구
　　　　말하는 건가?

물티슈 : 긴 꼬리를 씩 올리며 뛰어가는 저거 말씀하시
　　　　는 거예요?

도마　：꿈틀꿈틀 움직이는 우체통 말일세

냉장고 : 진짜 손님의 소리가 그립네

충전기 : 여기 영업하나요? 어떤 요리 되나요? 이런 목
　　　　소리요?

물티슈 : 저도 간절히 원해요. 이렇게 기다리고 있어요.

도마　：참, 불빛, 불빛으로 신호를 보내 보게나

냉장고 : (불빛을 켰다 껐다 하면서) 이 정도면 되겠나?

충전기 : (불빛을 자기 몸에 연결하며) 저에게 전달해 주세요. 제가 더 해 보겠습니다.

물티슈 : 와! 누군가 오겠죠.

도마　 : 나는 평생 토막나고 잘리는 것만 보고 살았네. 온전히 내 책임이었어. 온 정신을 집중해야 했어.

냉장고 : 알고 있네. 자네는 균열이 뭔지 알고 있지. 자네는 필요한 일을 한 것이네. 자네는 잘못이 없어. 죄책감은 가지지 말게. 그렇지만 자네는 손님이 오지 않을 때는 사용되지 않으니, 좀 편한 거 아닌가?

도마　 : 일이 없는 게 가장 고통스럽더군.

충전기 : 잠시만요. 누가 문을 열었습니다.

물티슈 : 안타깝네요.

도마　 : 전단지를 넣어 주는 알바군.

냉장고 : 내 몸이 버겁네. 이젠. 모두 거의 다 썩은 것 같은데.

충전기 : 조금만 더 힘을 내 보시길 바랍니다. 저도 많

이 지치긴 했습니다.

물티슈 : 정말 여기는 건조해요.

도마 　: 저기 보이나, 누군가 이 가게를 엿보고 있어.

냉장고 : 정말 크군.

충전기 : 전나무라고 생각합니다. 제 뿌리까지 뽑아 여기까지 어떻게 왔는지.

물티슈 : 문을 열까요?

도마 　: 아니, 우리는 저 전나무를 위해 해 줄 수 있는 요리가 없어…… 정말 실망이군. 우리는 능력이 없어.

냉장고 : 저 전나무도 뭔가 공포를 느끼고 있는 것 같아. 벌벌 떨고 있어.

충전기 : 저 나무가 들어오면 이곳의 물건들은 모두 박살이 날 거예요. 천장도 뚫리겠죠…….

물티슈 : 그렇지만 우리가 손님을 고를 순 없어요. 손님

의 조건을 정할 순 없어요.

도마　 : 무엇이 되고, 무엇이 되지 못하는지.

냉장고 : 손님이 와야 주인이 오고.

충전기 : 주인이 와야 주방장이 오고.

물티슈 : 그래야 우리가 성립되죠.

6. 모래성이 허물어 진다해도

인물:

목화인간

북극곰 스너글러

장소:

안과 병원

흐린 날씨

선명하고 아늑한 병원 실내

클라리넷 음악

차갑고 약하게

베이지색 소파에 인물 둘이 앉아 있다

묵묵하게

이내 소멸해 버릴 것 같은 표정으로

북극곰　　: (음악 소리에 허밍을 하며) 음, 음, 음

목화인간 : (창을 보며) 곧 겨울이군요.

북극곰　　: 낙엽이 다 졌나요?

목화인간 : 날이 차요.

북극곰　　: 저는 안 보여요. 본 기억이라곤 열다섯 살 때

　　　　　　가 마지막이죠.

목화인간 : ……

북극곰　　: 그래도 어쩌면, 하고 여길 온답니다. 제게 맞

　　　　　　는 눈을 찾게 될까 봐. 비참할수록 기적을 못

　　　　　　버리겠더라구요.

목화인간 : 그렇군요. (사내의 북극곰 옷을 보며) 따뜻하시

겠어요.

북극곰　：이거요? 참. 부끄럽네요. 안 보인다는 건 남이 날 어떻게 생각할까 그런 걸 고민하지 않아도 되는 일 같아요. 안 보이니 더 용감해지는 건지.

목화인간：당신의 말을 들어 보니 본다는 건, 저주 같네요.

북극곰　：저는 좀 특별한 일을 합니다. 이 옷은 일 때문에 입어요.

목화인간：무슨 일……

북극곰　：스너글러입니다. 힘들어하는 의뢰인을 재워 주죠. 세상엔 잠을 자지 못해 괴로운 사람들이 많습니다.

목화인간：그렇군요. 저는 대체로 하루에 20시간을 잡니다.

북극곰　：당신은 축복받은 사람이군요.

목화인간：글쎄요.

북극곰　：저는 의뢰인을 재워 드려야 하기 때문에 안아 주는 것만 해요. 말을 먼저 건다거나 그

이상의 행동은 금지입니다.

목화인간 : 사람들은 타인 곁에서 평화를 얻는가 보군요.

북극곰　 : 그런데 병원에는 어쩐 일로?

목화인간 : 눈에서 자꾸 모래가 쏟아집니다.

북극곰　 : 정말이요?

목화인간 : 처음에는 조금씩 모래알이 떨어졌는데, 요즘
　　　　　에는 자고 일어나면 욕조에 담을 만큼 모래
　　　　　가 계속 쏟아집니다.

북극곰　 : 저런, 보이는 것에는 문제가 없습니까?

목화인간 : 오히려 더 잘 보여요. 어느 날은 제 눈이 망
　　　　　원경이 아닌가 생각하죠. 행성들이 너무 잘
　　　　　보여서요.

북극곰　 : 제가 한 번 만났던 의뢰인이 기억나네요. 그
　　　　　분은 여자분이셨는데, 제 품속에서 슬프게
　　　　　우시다가 제 품이 모래처럼 포근하다고 말씀
　　　　　하셨어요.

목화인간 : ……

북극곰　 : 하도 슬프게 우셔서, 하루를 지나 이틀까지
　　　　　안고 있었는데도 잠을 이루시지 못했습니다.

나흘째 되던 밤에, 그 여인이 들려주신 이야기가 생각나네요.

목화인간 : 뭐라고 하던가요?

북극곰 　 : 자신은 이제 새가 될거라고요. 사랑하는 남자가 죽었는데, 그 사람을 살리기 위해 자신의 생명을 화산에게 바쳤다고요. 화산은 여자를 죽이고 남자를 살게 했을 겁니다. 그 남자는 살고, 자신의 애인을 영원히 기억하지도 못할 테지요. 그 일 때문에 1년 정도는 일을 못했어요. 감동은 사람을 먹먹하게 만들더군요. 이 세상이란 게, 살아간다는 게, 참 버겁더군요.

목화인간 : 혹시 새가 된 모습도 보셨나요?

북극곰 　 : 아뇨. 전 보지 못하니까요. 하지만 차갑게 얼어 버린 깃털을 만질 순 있었습니다.

목화인간 : 어떻게 그런 일이

북극곰 　 : 사실 제가 하는 일은 평화로운 일처럼 보이지만, 정말 아프고 아픈 일입니다. 대부분 자살을 할 때 저를 요청하죠. 저는 단번에 직감

해요. 하지만 묵묵히 받아들이죠.

목화인간 : 저도 아픈 일을 하는 사람입니다. 오늘 여기
　　　　　에 온 건, 더 이상 일을 할 수 없을 것 같아
　　　　　서요.

북극곰　　: 무슨 일을 하십니까?

목화인간 : 저는 기다리는 일을 해요.

북극곰　　: 뭘 기다리는 겁니까?

목화인간 : 사실은 그게 뭐였는지 기억이 나지 않습니다.
　　　　　정말 소중하고 중요한 신념이었는데…… 그
　　　　　런 마음 없이는 이제 못할 것 같습니다. 의미
　　　　　없이는 1초도 살아 있는 게 싫습니다. 그래서
　　　　　끝내야 할 것 같아요. 또 모래가 갈수록 너
　　　　　무 쏟아져서 일을 할 수도 없습니다. 눈을 먼
　　　　　저 빼야 할 것 같아요.

북극곰　　: 그래서 여기에 오신 거군요.

목화인간 : 의사가 가능하다고 했어요. 눈이 없어도 일
　　　　　을 할 수 있다고.

북극곰　　: 잠시만요. 저는 들어갑니다.

북극곰 스너글러는 진료실로 들어감.

소리(의사): 오늘 드디어 환자분에게 맞는 눈이 기증될 예정
입니다. 지금 밖에는 눈이 필요없는 어떤 분이
오셨습니다.

목화인간은 독백으로 계속 말한다.
불안하고 어두운 실내
창밖으로 눈이 내린다.

목화인간: 저는 목각을 만듭니다. 목각을 만드는 건 유
일하게 기다리는 일이라고 할 수 있어요. 이
게 제가 할 일입니다.
다양한 나라의 사람들은 저에게 사연을 보
내고, 목각인형을 주문합니다. 한번은 40명
을 죽인 연쇄살인범이 10년 만에 잡혔는데,
그 집에 목각 말이 있었습니다. 정말 잔인했
죠. 범인은 사람의 목을 잘라 시청 앞 시계
탑에 매달아 두었습니다.

그런데 아무리 화면을 보고 또 보아도 목각 말은, 제가 만든 게 분명했어요. 공포 스러웠습니다. 왜 저기에 내 목각이 있는 걸 까? 혹시…… 그런데 아무 기억이 나지 않았 습니다.

사람들은 어떻게 나의 존재를 알았는지, 신 기하게도, 공포와 기도는 같은 숲에서 자란 다고 생각한 건지,

제가 만든 목각을 갖고 있으면. 모든 악으로 부터 자신을 지켜낼 수 있다고 믿었습니다. 저에게 이런 저런 사연을 폭발적으로 보내 오기 시작했어요.

──저는 남프랑스의 에즈에 살아요. 여기는 정말 멋진 해변이 보이는 도시입니다. 저는 열 살이고 아이디는 '하얀 창문'입니다. 여름 저 녁, 창문을 열어 두었더니 보랏빛 새가 날아 와 저희 가족을 죽였습니다. 저희 가족은 일 주일 죽어 있었고, 다시 살아났어요. 왜 이런

일이 일어났는지, 저는 나무새를 갖고 싶습니다. 다시 그 보랏빛 새가 온다면 나무새를 주면서 함께 떠나라고, 돌아오지 말라고 말하고 싶어요. 그런 마법이 우리 가족을 지켜줄 수 있을 거예요.

—— 안녕하세요. 발명가님. 저는 미국 북서부의 아스토리아에 살고 있는 스무 살, '그때처럼 안녕'입니다. 전 어부입니다. 어느 날, 생선을 잡았는데 노래하는 생선이었습니다. 물론 알아들을 수 없는 외국어였지만, 제가 그 생선을 바다에 돌려주자, 저에게 좋은 노래 실력을 주었습니다. 저는 지금 앨범을 준비하고 있습니다. 나무 마이크를 제게 주세요.

—— 저는 네팔 포카라에서 살아요. 여기는 여섯 살 남자아이를 신에게 바쳐요. 죽기 직전까지 아이는 최상의 신체를 유지합니다. 목욕을 하고 운동을 하고, 보름 동안 음식을 먹지 않아요. 누구나 그런 것을 아니고 눈이 깊고, 다리가 곧고 턱선이 아름다워야 선택됩니다.

이번엔 바로 저예요. 저는 며칠 후에 신께 갑니다. 저에게 나무 엄마를 보내 주세요. 엄마와 함께 죽고 싶어요.

대체로 사람들은 좋아하는 사람의 생일에 선물로 목각을 주고 싶다는 사람이 많았고, 또, 자신이 가장 증오하는 사람에게 증오의 목각인형을 보내 달라는 사람도 있었습니다. 저는 1년에 단 한 명에게만 목각인형을 보내긴 하지만
제가 만든 목각인형들은 기괴한 생명체가 되었습니다.
중요한 것을 모조리 파괴했습니다.

알고 있지요. 세계의 모든 것이 평화롭지 못하다는 거
그런데 나의 평화라는 그 괴물은
정말 지독히도, 질기게
살아남아서

*

**

***

(목소리 색깔을 바꿔서)

"해가 지면
나는 톱밥으로 가득한 방에 들어갔어.
쉬고 싶었지, 힘들었어.
한참 서러웠지."

톱밥 가득한 방에는 사람들의 시체와 해골이 널려 있다. 목화 인간의 얼굴은 딱딱한 목각으로 굳어져 있다. 몸은 어둡고 푸른 빛의 긴 털로 덮여 있고, 하얀 목화가 여기저기 피어 있다.
목화 인간은 톱밥 속을 기어 다니다가 기이한 표정으로 계속 말한다.

"톱밥을 먹으며 생각했어."

"이 세계의 슬픔은 변하지 않을 거야, 갱신
하겠지, 겨우, 그래도 상관없어,
단지 나는 왜 죽지 않는가, 눈을 빼도, 도대
체 왜 끝나지 않을까."
"누군가, 사람들의 괴로움 때문에 밤을 까맣
게 만들어 버렸어. 그래도 매일매일이 쏟아
지지. 아냐. 나는 다시 생각해. 나는 왜 죽지
않는 걸까. 어디 있는 걸까, 열광은 어디 있
는 걸까."
"스스로 신비로워지면서."

복된 시대의 시인

양순모(문학평론가)

0

"별이 총총한 하늘이 갈 수 있고 또 가야만 하는 길들의 지도인 시대, 별빛이 그 길들을 훤히 밝혀 주는 시대는 복되도다."* 서사시의 시대를 복되다 말하며, 오늘날을 결코 복될 수 없는 시대로 규정하는 한 근대인의 탄식은 근대(문학)의 비극적 운명을 선명하게 고지한다. 우리 근대인들은 되돌아갈 고향과 집을 잃었고, 궁극적으로 추구해야 할 목표 또한 잃어버렸다. 그 옛날 호시절과 다르게 오늘날은 "나와 세계 사이에 건널 수 없는 심연"을 인지한 시

* 게오르크 루카치 저, 김경식 역, 『소설의 이론』(문예출판사, 2007), 27쪽.

대, "삶이 어떻게 본질적으로 될 수 있는가 하는 물음"에 답하고 싶어도 좀처럼 대답할 수 없는 그런 복 없는 시대. 우리는 그런 시대에 살고 있다.

그럼에도 근대의 비극적 운명을 기꺼이 받아들이기로 한 문학인들은 저 근대인의 탄식을 마음 한편에 새기면서 저마다의 문학을 거듭하여 이어온바, 루카치에 따르면 복된 시대의 서사시는 비극을 거쳐 오늘날의 '소설'과 '시'로 이어진다. "소설은 삶의 외연적 총체성이 더 이상 분명하게 주어져 있지 않고 의미의 삶 내재성이 문제가 되어 버린, 그렇지만 총체성에의 의향은 갖고 있는 시대의 서사시이다." 그리고 저 문제적 세계를 건너는 "고독"한 시도들은 "그 길을 홀로 가도록 그에게 힘을 준 믿음의 대상이었던 바로 그 삶에 대한 환멸감이 비탄과 애조의 가락"으로 울리며 "영혼의 서정시"를 탄생시킨다.*

이처럼 오늘날 우리가 읽고 쓰는 '소설'과 '시'는 근대라는 심연 속에서 진화한 '서사시'와 '비극'의 근대적 변형물로서, 우리는 소설과 시를 통해 저 심연을 마주하고 상대한다. 그런데, 정말 그러한가. 우리는 되돌아갈 고향과 나아가야 할 새로운 어딘가를 정말, 잃어버렸던가. 처음엔 분명 그랬었던 것 같기도 하지만, 그러나 어느덧 우리는 제법 안주해도 될 만한 고향과 목표를 남몰래 혹은 공공

* 위의 글, 29~62쪽.

연하게 찾아내고야 말지 않았던가.

　"지금 사는 세상이 모든 가능한 세계 중 정말 최고라고 자신을 설득시키려고 하는 것이 불가피하다고" 말하는 모레티는 사실 우리의 근대문학은 그 시작에서부터 "동의"와 "타협"을 위한 것이었다고 이야기한다. 이는 "너무나 비파괴적이고 비해방적인 문학 개념"으로 보이지만, 그러나 "우리가 '해야 하는 것'을 '하고 싶다'고 느끼"게끔 하는 "동의"를 비롯해, "진정한 화해"나 "변증법적 종합"에는 결코 미치지 못할 그런 "타협"이야말로, 심연을 "벗어날 도리가 없음"을 깨달은 근대인들이 "자신을 속이는", 결코 비난할 수 없을 '너무도 인간적인' 무엇이 아닐 수 없다.*

　"비극 이후뿐만 아니라 또한 비극에 맞서 태어났다"**는 근대문학은, 그러므로 루카치가 열어 놓은 저 복되지 못한 이 시대를 마주하며, 불가피하게 새로운 복됨을 향해 나아가지 않을 수 없다. 요컨대 근대의 문학은 비극을 거슬러 다시 서사시의 시대로 향하는바, "삶이 어떻게 본질적으로 될 수 있는가 하는 물음"에 오늘날의 우리는 분명한 저마다의 대답이 '엄연히' 존재하는 또 다른 시대를, 그리고 그러한 시대에 어느덧 안주하고 있는 우리를 발견한다.

* 프랑코 모레티 저, 조형준 역, 「영혼과 하피」, 『공포의 변증법』(새물결, 2014), 442~453쪽.
** 위의 글, 433쪽.

그렇다. 우리의 지금 여기는 별수 없이 다시 '복된 시대'다. 우리는 분명 심연을 마주했지만, 어느덧 심연을 통과했다고 믿지 않을 수 없는 상황에 이르렀다. 우리는 지쳤고, 또 지쳤다. 생각해 보면 그동안 꽤 멋졌던 것 같기도 한 것이, 어떻게 고작 인간 따위가 심연에 거듭 머무를 수 있을 것인가. 이제 우리는 삶이 본질적으로 될 수 있는 방법들을, 이를테면 우리가 이 세상에 작지만 분명하게 기여할 수 있는 어떤 명확한 정답들을 어느 정도는 충분하게 알고 있는 것 같다. 문학은 그것들을 위해 그리고 그것들과 더불어, 우리의 삶을 좀 더 본질적인 것으로 만들어 줄 수 있을 것 같다.

1

여기, 소박하게나마 복됨을 되찾은 이 복된 시대에 굳이 지나간 시절의 형식을 빌려 시를 쓰는 한 시인이 있다. "BC 390년에서부터 날아온 시의 구름을 찾아 서정시, 서사시, 극시의 형태를 미약하게나마 시도해 보았"다고 말하는 시인은, "서사시의 형식으로"라는 부제를 단 두 편의 시와 "극시의 형식으로"라는 부제를 단 한 편의 시를 상재하며 우리의 눈길을 끈다. 그런데 앞서 살펴본 것처럼, 만약 오늘날의 이 시대가 진정 새로운 복된 시대라 한다면, 서사시는 오늘날 더없이 솔직하고 또한 적합한 형식이 될 것이다.

폴과 나. 우리는 끝내 아무것도 해 보지 못했지만, 세상이 이미 다 끝날 걸 알고 있다. 다른 곳도 어차피 다 똑같을 테지만, 떠나 봐야 소용없다는 걸 알지만, 그래도 끝난 걸 계속 확인하고, 계속 더 봐야 하기 때문에, 뒤척여 보고 뒤집어 보고, 뒤돌아 가 봐야 하기 때문에. 떠나고 나면 떠난 곳을 다시 상상해 볼 수도 있으니까. 그래서 잠시나마 좀 편안해지기도 하니까.

(……)

언젠가 폴이 그림으로 그렸던 내 고향의 은색 자두처럼. 내가 들려준 나의 고향 이야기를 마법의 순간으로 만들었던 그 아이. 이 마법의 자두는 폭우에도 죽지 않는 새가 낳은 알 같기도 하고, 초겨울 흐려진 달이 빌려준 알맹이 같기도 하다. 어떤 말로 이 자두를 소개할까. 어떻게 폴의 슬픔을 멈추게 할까. 어떤 말로 폴을 안도하게 할까. 어떤 표정으로 뭐라고 말하며, 폴의 손에 쥐여 줄까. 이 마법의 자두 하나로 울고 있는 이 밤을 어떻게 멈출 수 있을까.

──「운명과 자두와 힘 ― 서사시의 형식으로」에서

이번 시집에 수록된 두 편의 서사시는 공통적으로 부조리한 세계와 그 안에서 체념하며 살아가는 듯한 목소리를 들려준다. 이를테면 「운명과 자두와 힘—서사시의 형식으로」에서 "세상은 이미 다 끝"났고, 그리고 "우리는 끝내 아무것도 해 보지 못했"다. 이 세계는 "누군가는 뛰어야 하고 누군가는 희생해야 하는 영원한 회전"의 세계이자 "무엇이든 찾아내지 않으면/ 모두 망하는 세계"이다. '나'는 오직 생존과 연동된 문제들에만 골몰하며 '희생'의 임무를 수행하고, 그 사이사이 "잠시나마 좀 편안해지"는 것이 목표라면 목표인 것처럼 보인다.

물론 우리는 이러한 세태고발적 그리고 페시미즘적 시편들에서 서사시다움을 좀처럼 발견하기 어려울지도 모른다. 그러나 "사태는 사태인 바로서 존재하며, 주관은 사라"*지는, 그리하여 이 세계의 '객관적 총체'을 그리고자하는 서사시는, 근대에 이르러 "영웅 없는 서사시"여야만한다. 인간을 압도하는 근대 세계의 힘은 "인류의 보편적개인"을 '영웅'이 아닌 "수동적인" 존재로 등장하게 한다.**

그럼 이제 우리는 '폴'과 '나' 사이에서 발작처럼 튀어나오는 '나'의 내면적 목소리에 귀 기울일 필요가 있다. 이는

---

* 게오르크 헤겔 저, 서정혁 역, 『미학 강의(베를린, 1820/21년)』(지만지, 2013), 505쪽.
** 프랑코 모레티 저, 조형준 역, 『근대의 서사시』(새물결, 2001), 39~41쪽.

세계와 갈등하는 '문제적 개인'의 목소리이기보다는, 낭만주의의 모더니즘적 전회와 상통할 철저한 서사시적 정신의 발현으로서, "의미의 삶 내재성이 문제가 되어 버린, 그렇지만 총체성에의 의향은 갖고 있는 시대의 서사시"라는 루카치적 숙명의 수용과 근대문학의 도전을, 이 시대의 잡다한 총체성 중 하나로 포착, 기술해 낸 것으로 볼 수 있기 때문이다.

내가 살던 곳에선 말이야. 먼저 쥐는 것, 결정권을 먼저 소유하는 건 어떤 군사력 같은 것, 최신 무기를 분석하는 질문들. 무거운 질문에 아무도 대답을 못하지.

아예 처음부터 그걸 노리지. 대답 없을 질문을. 몇 가지 형태, 가능성과 확률, 각오와 노력, 생각보다 오래 걸려서, 의식했죠. 무엇을 의식했죠. 의식하느라 인생을 낭비했습니다. 갖가지 형태, 낱낱이,

(……)

열심히 다소곳하게, 나는 이기심의 가장 친한 친구가 되고 싶어요. 노래를 불러 줍니다. 친구는 친구를 가장 잘 설득하니까,

(……)

　사람이 없고, 우리는 밤의 리듬을 갖는다. 기적과 믿음과
고마움. 그런데 다른 믿음, 의미와 의지,

　하지만 잔인하게도 '의미'라는 건, 사람의 존재를 너무 쉽
게 없애 버려요. 의미는 사람이 만든 힘입니다. 그러니까 의
미는 사람에게 중요하니까. 중요한 건 중요한 걸 바꿀 수도
있고 이길 수도 있으니까.

　끝이 없죠. 중요한 건 하나가 되고 싶으니까. 그리고 무한,
진리, 숫자1 2 3 4 5떼었다 붙였다 하는 리무벌 양면 테이
프. 사람은 반복과 패턴을 통해 힘을 아끼기도 하니까.

　　　　　　　　　　　　　—「운명과 자두와 힘 — 서사시의 형식으로」에서

　"무거운 질문"과 "대답 없을 질문"을 나누며 평생에 걸쳐
이를 "의식"하는 일, "이기심의 가장 친한 친구가" 되어 그
에게 "노래를 불러"주는 일, 조금 "다른 믿음, 의미와 의지"
를 거듭 가지고 꿈꾸면서도 그것이 "사람의 존재를 너무
쉽게 없애 버"리고 또한 그것이 언제든 "중요한 걸 바꿀 수
도 있고 이길 수도 있"다는 것을 주의하는 일. 우리는 이
러한 일들이 이 세계를 좀 더 나은 세계로 만들어 줄 수
있을 방법으로 기대하지 않을 수 없을 것이다.

　그런데 시인은 이 모든 일들을 서사시로, 객관적인 세
계의 총화 중 일부로 기술할 뿐이다. 요컨대 이 세계의 폭

력과 비참에서 벗어나고자 하는 우리 나름의 노력 역시
이 세계 안의 하나인 것이다. 우리가 여전히 어떤 '희망'을
걸고 있는 대안들에 대해 과감히 이 폭력적 세계의 일부
로 규정하는 시인의 시선은 '(서정)시'라는 장르 자체에도
적용된다.

예컨대 "여튼 모든 걸 다해서 운다. 가야 한다고. 다른
곳으로 가야 한다고" 그렇게 우는 '폴'을 어떻게서든 달래
고 돌보는 '나'는, 우연히 "내가 폴에게 자장가처럼 들려준
내 고향 이야기"를 "폴이 그린 그림"에서 발견한다. 만족하
지 못하고 우는 폴과 이를 달래는 '나', 그리고 그 사이에
탄생하는 '그림'. 위와 같은 관계 및 그 생산과 관련해 우
리는 그것이 한 명의 예술가 안에서 발생하는 예술창작
과정의 한 비유라는 사실을 짐작할 수 있을 것이다.

이와 같은 과정의 양상은 이전 시집들을 비롯해 이번
시집 「이어지는 세대들」, 「넓고 가득한 그것」, 「표현과 맹
세」 등의 시편들에서 상당수 공유되는바, 즉 '나'와 '폴' 사
이의 관계가 시 창작 과정에 대한 은유로서 일종의 시론
(詩論)적 성격을 갖는다면, 그렇다면 '나'와 '폴' 사이 협동
의 산물로서 우는 폴에게 들려준 '나'의 이야기는 그가 잠
들고도 이어졌을 '나'의 내면의 목소리까지 모두 포함해 그
의 그림 속에서 재탄생할 것이다. 놓치지 말아야 할 지점은
저 그림이 정확히 "서사시의 형식으로" 형상화된다는 점으
로, 예외는 없다. 오늘날의 '(서정)시' 역시 우리를 거듭 폭

력과 비참으로 몰아넣는 이 세계 안의 하나일 뿐이다.

멀리서 어떤 외계인이나 신이
이런 나를 보고 있다면
나의 고통 따윈 관심 없이
약간은 특이한 행성을 구경하는 기분으로
봐 줄 수도 있을 거야
처음엔 두 칸씩 야무지게 닦다가
팔목과 허리가 아플 때 대각선 방향으로 길게
사선으로 짧게 여기저기 엉망진창의 걸레질로
나름, 즐거운 리듬을 찾아 무대를 닦곤 했어

(……)

아무도 도와주지 않는. 사방에서 몰려오는 입체적인 폭력
그거에 내가 익숙해질까 봐. 결국 그 정면을 내가 볼까 봐.
세상의 모든 진실들이, 모든 관념들이 모두 나에게 들통날
까 봐. 구석기 시대부터 로마 시대 지금 시대까지 역사는 솔
직히 비슷해. 고통의 부스러기들. 다만 싸움은 비슷한 무게끼
리 했으면 좋겠어. 하지만 그렇게 되지 않을 거란 걸 알아.
　　　　　　　　　　—「조약돌 소극장 — 서사시의 형식으로」에서

"구석기 시대부터 로마 시대 지금 시대까지 역사는 솔

직히 비슷"하다. "아무도 도와주지 않는 사방에서 몰려오는 입체적인 폭력" 그런 폭력에 "어떤 외계인이나 신"은 "관심 없이/ 약간은 특이한 행성을 구경하는 기분"으로 바라볼 뿐이다. 그러니까 "신은 관객일 뿐", "인간과 그의 운명에 관한 하나의 놀이"*인 연극 무대엔 오직 인간만이 존재하며, 앞으로도 쭉 그러할 것이다. "무대는 기적을 떼어"낸다.(「작은 오리와 작가」)

그럼에도 '나'는 "즐거운 리듬을 찾아 무대를 닦"는다. 어쩌면 시인은 우리 인간과 그의 이야기가 주인공인 '역사'라는 무대를 거듭 닦으며 인생과 연극 모두 이어지도록 노력하고 있는지도 모른다. '나'는 무대를 닦으며 "공연 전의 세계를 빛"낸다.(「조약돌 소극장 — 서사시의 형식으로」) '역사'의 공연에 방해가 될 무엇들을 치우고 닦는 일이야말로 시인의 중요한 소임일지 모른다.

그러나 '조약돌 소극장'의 '나' 역시 서사시의 한 인물, 이 세계의 원리를 공유하는 한 조각일 뿐이다. "공연 전의 세계"로서 무대를 닦고 빛내는 '나'는 세계의 폭력에 "익숙해질까 봐./ 결국 그 정면을 내가 볼까 봐. 세상의 모든 진실들이, 모든 관념들이 모두 나에게 들통날까 봐" 이 세계를, 폭력을 외면한다. 아니 수용한다. 별수 없다. 보잘것없

---

* 게오르그 루카치 저, 홍성광 역, 「비극의 형이상학」, 『영혼과 형식』(연암서가, 2021), 331쪽.

는 비참한 우리가 아무리 "씩씩한 꼬리를 흔들"어도, "거리는 관객으로 가득"찬다.(「조약돌 소극장 — 서사시의 형식으로」) 신은 객석에 앉아 팝콘 부스러기처럼 그들이 예정한 "고통의 부스러기"들을 바라볼 뿐이고, '나'는 부스러기로 가득한 무대를 아무렇지 않은 듯 생활처럼 다시 닦을 뿐이다.

이로써 우리는 두 편의 서사시를 통해 시인이 서사시의 형식을 통해 드러낸 우리의 시대가 '역설적으로 복된 시대'임을 정리할 수 있다. 폭력과 비참으로 가득한 시대, 나아가 희망도 미래도 없는 시대. 시를 포함해 우리가 어떤 정답이라 믿어 볼 만한 것들 모두가 틀려먹었다는 사실을 우리는 적어도 심연 없이 알게 됨으로써 씁쓸한 복됨을 획득하는 것이다. "갈 수 있고 또 가야만 하는 길들"을 알기에 복된 것이 아니다. 갈 수 있고 또 가야만 하는 길들이 전혀 없다는 사실을 알기에 복될 뿐이다.

2

그러면 나는 뭔가를 포기해 버린 아이에게 오늘은 무슨 응원의 말을 보낼 수 있을까, 화를 내면 안 되는데, 무슨 희망의 말을 해 줄 수 있을까…… 하며 쿠키를 쥐고 있다

아늑한 밤, 쿠키 하고 나 하고 이불 하고 의논 중이다……

음악을 트는 순간,

여기 사람이 살고 있구나, 밖은 쉽게 짐작할 테고,

나는 암시적이고 상징적인 내일을 향해, 초코칩이 박힌 기
회를 향해

나는 밝은 것을 만드는 파티쉐처럼

—「고요한 쿠키」에서

희망과 미래의 부재. 이는 이번 시집을 관통하는 주요한
분위기이자 나아가 오늘날 한국문단을 비롯 '동시대성'을
규정하는 문화 전반의 한 흐름일 것이다. "오늘"은 "뭔가를
포기해 버린 아이"를 달래기 위한 "응원의 말"을 궁리하는
시간으로, '나'는 "밝은 것을 만드는 파티쉐"처럼 "암시적이
고 상징적인 내일", "초코칩이 박힌 기회"를 위해 궁리하지
만, 사실 그런 건 없다. '나'는 도통 "무슨 희망의 말" 같은
걸 해 줄 수가 없다.

주식시장의 초단기 금융자본주의에서부터 레트로의 유
행에 이르기까지, 오늘날은 "오직 현재만 존재한다는 감각,
즉 순간(instant)의 폭압과 끝나지 않을 쳇바퀴로 특징지어
지는" 그런 '현재'만을 가진다. '현재주의(presentism)' 혹은

'단기주의(short-termism)'라는 이름의 오늘날은 미래를 잃어버린 오늘, "현재성만이 가치"를 가지며 "편재적이고 전지전능한 현재에 의해서만 지배되는 세상". 우리는 현재라는 이 불안한 공간에 갇혀 미래와 과거를 모두 흡수하고 현재화한다.*

어쩌면 모레티의 '근대문학'처럼, 우리는 현재라는 심연을 외면하기 위해 안간힘을 쓰는 것일지도 모른다. 「미래가 끝난 다음에도」, 「내일은 포근한 절망으로」와 같은 제목에서 알 수 있듯, 미래 없는 우리는 "미루었습니다, 어떤 날들을, 믿지 않았어요, 미래를, 곧 닿을 거라면, 더 갈 곳이 없는데"(「넓고 가득한 그것」)라고 얘기하며, "오징어와 오징어와 오징어와 오징어와 오징어와 오징어와 오징어와 반건조 오징어와 가설의 명랑함이 현재를 숨길 수 있도록"(「모처럼, 그래」) 궁리한다. 현재와 다를 바 없을 "말끔한 미래"(「내일은 포근한 절망으로」)를 위해 "인부들은 내일 공사할 장비를 조심히 풀어 놓는다"(「수첩보다 작은 방」)

움직이는 손짓과 이 현재들과
릴레이를 하듯이

* Francois Hartog, *Regimes of Historicity: Presentism and Experiences of Time*, New York: Columbia University Press, 2015, xv-xviii.

땀이 비 오듯, 몇 번이고 허접한 나를 닦아 내면서 그렇게
내 곁엔 아무도 없을 테지만

땀이 비 오듯
죽어 가고 싶다,

열심히
그래도 열심히,

작품의 인물을 구별 못 하게, 인물보다 다른 게 있다는 게,
감정은 별로 중요하지 않다는 걸, 내 몸 전체가 철로가
되어
완전하게

—「음악 없는 마음」에서

　끝없을 "현재들"과의 "릴레이" 가운데 "땀이 비 오듯/ 살
고 싶다"는 문장으로 시작한 화자의 마음은 "몇 번이고 허
접한 나를 닦아 내면서" "땀이 비 오듯/ 죽어 가고 싶다"
는 마음으로 이어진다. 「음악 없는 마음」의 화자는 꼭 서
사시인처럼 "작품의 인물을 구별 못 하게, 인물보다 다른
게 있다는 게,/ 감정은 별로 중요하지 않다는 걸" 강조한
다. 대신에 '나'를, 완전하게 "내 몸 전체"를 "철로"로 만들
고자 할 뿐이다.

이 지점에서 우리는 서사시의 형식이 이 시집 안에서 수행하는 역할을 조금은 분명하게 정리할 수 있게 된다. 앞서의 서사시들이 말해 주듯 (서정)시 역시 압도적인 폭력적 세계의 일부일 뿐이지만, 서사시를 쓰는, 이를 서사시에 담아내는 정신은 예외적으로 존재하고 있는 것이다. 그렇기에 '나'는 "열심히/ 그래도 열심히" '나'를 죽이고자 노력하며, 그 스스로를 하나의 이동 통로로 만들고자 한다. 다만 그 통로는 "나를 위로해 줄 지금을 견뎌 줄 좁고 긴 통로"(「음악 없는 마음」)와는 다른 무엇으로 보인다.

이처럼 시인은 서사시의 형식을 넘어 '주관'과 '서정'의 영역으로 나아간다. 아니 어딘가로 나아가기보다는, 다시 무대를 닦고, 나를 닦고, 철로와 같은 새로운 통로가 되고자 하는 것 같다. 이를테면 시인은 '현재'와 같은, 오늘날의 우리를 우리이게끔 하는 근본적인 조건들을 거듭 닦으며, 이를 조심스레 새로운 조건들로 탈바꿈하고자 하는 것 같다.

그렇다면 시인은 구체적으로 어떤 무대를 어떻게 닦고자 하는가. 그가 되고자 한 통로는 어떤 통로인 것인가. 우리는 다시 형식의 문제로 돌아가, 시인이 '극시'라는, 우리에게 친숙하지 않은 형식을 첫 시집에서부터 꾸준히 추구하고 있던 사실을 주목할 필요가 있을 것이다.

일반적으로 극시란 서사시와 서정시를 모두 포함하는 "언어 예술 중 최고 단계로 간주"되는 장르이지만 근대에 이르러 주관성과 서정성이 강조되는 "낭만적 극시"*의 경향을 보이는 가운데, 그렇기에 '비극'보다는 '희극'으로 경도되며, 사실상 서정시(의 효과)와 구별이 잘되지 않기도 한다. 한편 시극 연구자이기도 한 시인은 기본적으로 극시를 "공연을 전제로" 하지 않는 "이야기가 있는 그리스 비극을 지시하며, 작가의 문학적 사상이나 주제가 구체적으로 드러나 있다"고 규정한다. 극시 안에는 "시적인 것과 극적인 것"이 "긴장된 상태"로 "하나의 공간"에 모이며 "다양한 공간성"을 창출하는데, 그렇게 창출된 공간은 "현실에 없는 공간", '문학의 공간'이다.**

이처럼 시인은 극시에 대한 위와 같은 일반적 규정과 구별되게 극시 본래의 '긴장성'을, 나아가 '비극성'을 강조한다. 물론 시인은 "지금의 시절에는 긴장이 쉽게 빠져나간다. 긴장해야 하는 상황이 무섭고 싫어서"(「이어지는 세대들」)임을, 나아가 "모든 비극은 희망을 숨긴 역설"(「책과 마법」)임을 충분히 주지하고 있다. 그럼에도 시인은 "그래도 끝난 걸 계속 확인하고, 계속 더 봐야 하기 때문에, 뒤척여 보고 뒤집어 보고, 뒤돌아 가 봐야 하기 때문에. 떠나고 나면 떠난 곳을 다시 상상해 볼 수도 있으니까. 그래서 잠시나마 좀 편안해지기도 하니까"(「운명과 자두와

---

* 게오르크 헤겔, 앞의 책, 525쪽.
** 이지아, 『한국 시극 작품에 나타난 공간성』(소명출판, 2023), 16~22쪽.

힘 — 서사시의 형식으로」)라 말하며, 시인으로서의 어떤 기획을 끝까지 밀어붙이는 것 같다.

텍스트, 얼마든지 변할 수 있다는 생각

내 식탁 위의 바게트, 바게트 연구, 왜 오늘의 아침 식사는 나무보다 바게트에 더 관심이 가는지

행여, 텍스트의 구조와 뼈대, 얼마든지 비극이 될 수 있다는 생각

무질서,

공포,
— 「번역 불가능한 혼합인격과 극시 — 극시의 형식으로」에서

시인이 '극시'의 형식과 더불어 '긴장'과 '비극'의 '시'를 추구한다고 가정한다면, 시인은 앞서 스스로가 서사시인으로서 그려 낸 이를테면 '현재'의 세계를 상대하고 또 대결하는 목소리를 새로이 등장시켜야 할 것이다. 까닭에 우리는 『아기 늑대와 걸어가기』에서 '세계'와 대결하는 '나-시인'의 목소리를, 서사시의 형식을 벗어난, 나아가 이와 충돌하는 목소리를 분명하게 듣는다. "텍스트, 얼마든지

변할 수 있다는 생각", 그것은 이를테면 나무에서 식탁, 식탁에서 바게트로 이동해 가는 빠른 이미지의 전환과 그것의 결과와 원인일 "무질서"와 "공포"로 구성된 것으로, 관련하여 아래의 시편들을 살펴보자.

아직도 집을 찾아다니며, 비철금속, 포기할 수 없는 미디어와 함께, 비트와 발음과 멜로디로, 매일 밤 생선 머리를 모은다는 순박한 너의 어머니로부터, 독단적인 젤리의 숭고를 만져 볼 시간

—「표현과 맹세」에서

최초의 광업소, 중력과 곡석, 녹물을 탐구하는 연못의 지저귐, 시안화칼륨을 풀고, 소의 긴 속눈썹, 사랑했던 사람의 긴 속눈썹, 제기랄, 이 곡진하게 살아 있는 것들, 나는 정말이지 이 세상의 집을 모두 박살 내고 싶어서

—「투영하는 물질들」에서

시인의 두 번째 시집에서부터 등장하는 주요 특징 중 하나는 독자들이 이미지를 따라가기 어려울 정도로 그것들이 너무나 빠르게 전환, 변환된다는 것이다. 이어지는 이미지의 변모 양상을 쫓아가다 보면, 독자는 가까스로 분위기 정도는 획득할 수 있을지언정, 의미는커녕 이미지를 그리는 행위 자체를 매우 버겁게 느끼지 않을 수 없다.

물론 맥락에 따라 또 독자에 따라 위와 같은 빠른 이미지의 변환은 시집을 읽는 하나의 흥미로운 지점이 될 수 있을 수 있지만, 만약 그러한 그것이 시인 고유의 기획이자 방법이라면, 그것의 의도를 좀 더 추측해 볼 필요가 있다.

> 정신을 차리고 보니
> 소금과 내가
> 베란다 벼랑 끝에 있다
> 맞다
> 인공눈물의 격변설 첫눈이 펑펑 내리면, 호랑이 사냥을
> 떠나자고 약속했었지
>
> ──「이미지와 나」

정신을 차리지 못할 정도로 무언가에 사로잡혔던 화자는 아마도 울고 있었던 것 같다. 그러다 불현듯 정신을 차린 '나'는 자신이 아파트 "베란다 벼랑 끝"에 위태롭게 있는 것을 발견한다. "인공눈물의 격변설", 그간의 눈물은 고작 그런 것일 뿐인가. "첫눈이 펑펑 내리면", 그리하여 이 세계의 모든 것이 하얗게 불투명해지면, 그때에야 비로소 우리는 "호랑이"와 같은 진짜를 역설적으로, 그 흔적으로나마 마주할 수 있는 것일까.

가짜 눈물, 진짜 눈물의 구별은 모호할 테지만, 그래도 엄연한 '인공눈물'은 존재할 것이다. 어쩌면 '격변설'처럼,

그것이 끝을 맺어야 새로운 눈물이, 눈물다운 눈물이 태어날 수 있을 것 같다. 그렇다면 「이미지와 나」의 화자는, 진정 불현듯, 저 벼랑 너머로 스스로 넘어가지 않을 수 없을 것이다.

"내 시는 장애를 가지고 있지 아주 많이/ 여유롭게도, 동료와 자리를 바꿔 가면서"(「스무디와 희생을 생각하는 몇 가지」)와 같은 문장은, 그런즉 이 시집의 한 축을 이루는 목소리의 익살스런 고백이자 힌트로서, 이를테면 우리는 "이야기를 버리지 않는 한"(「모순책」) 코를 골며 주변에 널려 있는 이 모순적인 현실을 우리는 마주할 수 없다. 또한 "음악은 추억을 데려올 테니". 또 "슬픔은 거품을" 만들 테니, 시인은 "면도를 시작"하며 (「그런 건 그냥 슈만의 것이라고」) 음악 없는 마음에 이른다.

아마도 아니 분명히, 우리는 이미지와 의미를 통해 대상과 타인을 "갈아 마실" 것이며, '나'를 중심으로 하는 "어엿한 거리를 구현"하지 않을 수 없을 것이니(「스무디와 희생을 생각하는 몇 가지」), 가장 진짜다운 무엇을 위해서도 그렇지만, '나'라고 하는 우리 인간 이기심의 쓸쓸한 한계를 생각해 보면, 끝없이 이미지를 변환함으로써 우리에게 이미지 파괴의 효과를 전달하는 시인의 의도를 어느 정도 공감할 수 있을 것이다.

평생을 다른 문제를 푸는 것처럼, 안간힘으로

순간을 살다가

이쪽저쪽 여기저기를 쉽게 짐작하다가

어색해

선이 강한 우기에는

＊

순간 이전을 생각해

아기면서 폭력, 아기면서 분노, 아기면서 외로움, 아기면서
배반의 형식으로

태어나기 전에는 아무 문제가 되지 않던 걸,

(……)

하지만 다시는 갖지 못할, 나는 요컨대 자유 이전의 그것
을 알아

—「아기 미소, 아기 자유」에서

시인의 의도적인 이미지 파괴가 윤리적, 인식적 필요에 의한 것만이었다면, 상당수의 독자는 그것에 충분히 동의하지 않을 수도 있을 것이다. 우리에겐 너무도 익숙하고 또 큰 효용을 주던 이미지를 우리는 그리 단박에 폐기할 수 없기 때문이다. 그러나 만약 그것이 오늘날 서사시적 세계의 '현재'를 부술 수 있는 희미한 가능성이라 한다면, 나아가 시가 시다울 수 있을 있을, '인간의 자유'를 넘어선 '시의 자유'의 문제라 한다면, 우리는 시인의 저 파괴에 보다 적극적인 호응을 보내야 할 것이다.

이미 시인은 첫 시집에서부터 「못생긴 시에 대한 실현 가능성」을 타진하며 위의 문제의식을 꾸준히 개진해 온 바, 시인은 「아기 미소, 아기 자유」에서 순간과 현재의 감옥에 스스로를 가둔 '나'를 부수고 있다. "안간힘으로// 순간을 살다가" 어느덧 "순간 이전을 생각"하는 '나'는 "아기면서 폭력, 아기면서 분노, 아기면서 외로움, 아기면서 배반의 형식"을 상상하며, "자유 이전의 그것"을 눈치채고 묘한 미소를 짓는다.

인간의 자유를 넘어선 자유, 자유 이전의 자유. 인간의 자유가 하나의 목표이고 그렇기에 자꾸 이데올로기와 같은 것이 된다면, '순간 이전' '자유 이전'을 생각하며 시인은 순간과 자유를, 그토록 인간적인 그것들을 기어이 부수고자 한다.

3

　서사시의 형식을 지나 극시의 형식으로 나아간 시인을 살펴보기 위해 본고는 서사시적 세계와 대결하는 서정시의 세계를, '나'의 분투를 살펴보았다. 현재밖엔 없는 이 서사시의 세계는 이를 부수기 위한 극단의 파괴를 수행하는 '나'의 기획과 더불어 '긴장'한다. 그런데 이 긴장은 충분히 의미 있는 것인가. 이것으로 과연 충분한 것일까. 우리는 다시 '극시'의 형식으로 되돌아가 시인이 기획한 '긴장'과 '비극'을 검토하며 시집 『아기 늑대와 걸어가기』의 최종적인 기획 의도와 그 의미를 보다 구체화할 필요가 있을 것이다.

　　증강현실 방식으로, 삐뽀 삐뽀, 수없이 죽고, 수많은 내가
　죽고 나서야, 살그머니 살아남은
　　도로 위의 화자가 말한다

　　"저기, 토끼 도자기가 지나가요"
　　　　　　　　　　　　　　　　　　　　—「넓고 가득한 그것」에서

　끝없이 '나'를 생성하는 일. '현재'의 '나'를 실험하며, '나'를 거듭 죽이고 마는 일, 그리고 "살그머니 살아남"아 "저기, 토끼 도자기가 지나가요"와 같은 다소간 엉뚱한 문

장을 내뱉는 일. 우리는 여기서 무엇을 느끼고 또 얻을 수 있는가.

역설적이지만, 만약 우리가 시인의 시집을 읽으며 어떤 독서의 고통이 느껴졌다고 한다면, 이는 정확히 독서의 효과가 발휘되었다는 사실의 방증일 것이다. 우선 이러한 고통은 우리만의 것이 아니라, 소시민이면서 동시에 서사시적 세계와 대결하는 시인의 것이기도 한바, 「기타시외」 시리즈의 여러 시편들은 파괴를 일삼는 '나'가 결국 감옥에 갇혀 고작 그 안에서 저 파괴의 소임을 다하는 무엇으로 보이기까지 한다. 우리가 익히 알고 향유하던 '서정'은 이처럼 낭만적 시인의 고통과 고뇌, 그리고 그 실패에 대한 연민에서 느끼는 무엇일 것이다.

대롱대롱 죽은 내 얼굴을 들고
밀폐된 시체를 처리하고 있었다 여기저기 덩어리를 잘 치워야 하는데

(⋯⋯)

나는 문법을 파괴하지도 못하고 실험도 하지 못하고 아무것도 대체할 수가 없어서

(⋯⋯)

그걸 지켜보며 감사해하던 나를 없애도, 뭔가가 계속 나
오고, 그런데 죽어서도 나는 계속 살아 있었다
— 「책과 마법」에서

"이 세계의 슬픔은 변하지 않을 거야, 갱신하겠지, 겨우,
그래도 상관없어,
　단지 나는 왜 죽지 않는가, 눈을 빼도, 도대체 왜 끝나지
않을까."
— 「번역 불가능한 혼합인격과 극시 — 극시의 형식으로」에서

그러나 시인의 주된 기획이 서사시의 형식을 경유해 극
시로 나아간 것이라면, 이로써 서정시라고 하는 우리의 전
통적 장르는 서사시적 세계와 대결하는 서정시로서 극시
라는 더 큰 범주 안에서 작동하는 무엇이라 한다면, 우리
는 시인의 요청대로 그것을 '비극'으로 바라보아야 할 것
이다.

시인은 "당신에게 묻고 싶어요, 이 시간이 어디서 왔는
지", "당신에게 묻고 싶어요, 이 순간이 어디서 왔는지"라
말하며 '나'는 "평생 그 여인만을 그리워"한다.(「번역 불가
능한 혼합인격과 극시 — 극시의 형식으로」) 이는 '순간의 폭
거'와 '나'로부터 벗어나는 서사시적 세계를 탈출하는 하
나의 방법이 되어 주는 것처럼 보이지만, '나'는 좀처럼 "죽

지 않는"다. "끝나지 않"으며, "이 세계의 슬픔" 역시 조금
도 변하지 않을 거다.

"현실은 분쟁 없이 다투고 화해하는 방식으로 상대를
지속시키며// 거기 둔다"(「떠도는 불」)고 한다면, 비극의 논
리는 "어쩔 수 없음이 논리적인"(「양탄자」) 것이라는 전제
와 더불어 저 '어쩔 수 없음'의 경지에 이르기까지 갈등과
긴장을 끝까지 밀어붙이고, 결국엔 '나'와 '상대' 모두를
파괴시킨다.

다시, 역설적이지만 만약 우리가 시인의 시집을 읽으며
어떤 독서의 고통이 느껴졌다고 한다면, 그것은 저 파국의
현장을 목격해서일지 모른다. 요컨대 '못생긴 시'는 실현되
었으며, 독자는 저 못생긴 서정시를 마주하며 저 어쩔 수
없음에 고개를 끄덕인다. 무대를 닦는 '나', 철로가 되고자
한 '나'는 스스로 무대 위의 장애물이 됨으로써 '나'의 연
극을 비극이게끔 한다. 이로써 독자는 시인이 추구한 자
유 이전의 자유는 체감하지 못할지언정, 이 근대의 서사
시적 세계에서 가장 정직한 자유를 체현하는 못생긴 시에
서, 비극적 자유를 체감할 수 있을 것이다.

"옆으로 돌아누운 당신을 안으면// 쏟아지지 못하고//
떨고 있는 윤곽의 폭포들"(「생강이 된다는 것」) 우리는 저
떨리는 윤곽의 폭포를 마주한다. 떨리는 손으로 쓴 글씨
는 결코 정돈된 무엇일 수 없다. 그러나 그것의 진심과 절
박함은, 그리고 그것의 어쩔 수 없음은 우리를 일순 눈을

번쩍 뜨이게 하며, 비극적 아름다움이라 부를 법한 무엇으로 다가오게 한다. 그렇게 우리는 어느덧 복된 시대에서 벗어나지 않을 수 없게 된다. 시인의 시집과 더불어 우리는 다시금 복될 수 없는 상황에 놓이고 만다.

지은이 이지아

2000년《월간문학》에서 희곡 부문 신인상을,
2015년《쿨투라》에서 시 부문 신인상을 수상하며 작품 활동을
시작했다. 시집 『오트 쿠튀르』『이렇게나 뽀송해』, 이론서 『한국
시극 작품에 나타난 공간성』 등을 출간했다.
제4회 박상륭상, 제19회 서라벌문학상 신인상을 수상했다.

아기 늑대와 걸어가기

1판 1쇄 찍음 2023년 11월 24일
1판 1쇄 펴냄 2023년 12월 8일

지은이 이지아
발행인 박근섭, 박상준
펴낸곳 (주)민음사

출판등록 1966. 5. 19. (제16-490호)
서울특별시 강남구 도산대로1길 62(신사동)
강남출판문화센터 5층 (06027)
대표전화 02-515-2000 / 팩시밀리 02-515-2007
www.minumsa.com

ⓒ 이지아, 2023. Printed in Seoul, Korea

ISBN 978-89-374-0938-7 (04810)
        978-89-374-0802-1 (세트)

민음의 시

민음의 시
목록